Diogenes Taschenbuch 20758

Fanny Morweiser

Die Kürbisdame

*Eine
Kleinstadt-Trilogie*

Diogenes

Die Erstausgabe erschien 1980
im Diogenes Verlag.
Umschlagzeichnung von
Tomi Ungerer

Veröffentlicht als Diogenes Taschenbuch, 1982
Alle Rechte vorbehalten
Copyright © 1980
Diogenes Verlag AG Zürich
60/94/36/4
ISBN 3 257 20758 1

Inhalt

Die Kürbisdame 7
Das Königsstechen 84
Gabriel 132

Die Kürbisdame

Prolog

Es hatte drei Wochen lang nahezu unentwegt geregnet. Der Fluß war über seine Ufer getreten und hatte, nachdem es nun endlich wieder zu regnen aufgehört und er sich beruhigt hatte, überall in den Flußauen grüne Tümpelchen zurückgelassen, die, wenn sie nicht bald austrockneten, den Sommer in der kleinen Stadt zu einem Sommer der Frösche und Schnaken werden lassen würden.

Es war früh am Vormittag. Der Präsident des Landgerichts stand am offenen Fenster seines Dienstzimmers und rauchte seine vierte und, wie er sich wieder fest vorgenommen hatte, letzte Zigarette dieses Tages, und während sie immer kleiner wurde, schrumpfte auch sein guter Vorsatz, und als er sie schließlich im Aschenbecher ausdrückte, hatte er sich noch eine bewilligt, so gegen zwei Uhr, nach dem Essen, aber noch vor Beginn der nachmittäglichen Arbeit, die er sich genau eingeteilt hatte. Was seine Arbeit anging, so hielt er auf Ordnung, und wer ihn in den Sitzungen erlebte, sachlich, nüchtern, von gefühlsbetonten Äußerungen der Anwälte oder Angeklagten eher abgestoßen als angerührt, hätte nicht für möglich gehalten, daß er im Grunde ein Schwärmer und ein Träumer war, sanft und voller Melancholie, dazu ein heimlicher Gedichteschreiber, aber das wußten nur seine Frau und ein paar gute Freunde.

Er war ein gutaussehender großer Mann, und wie er jetzt am Fenster lehnte und auf den Wald hinaussah, der während der Regenzeit so gewachsen war, daß er mit grünen Fingern bis fast in die Häuser zu kriechen schien, wirkte er um Jahre jünger, als er wirklich war, gab er nicht das Bild eines seit langem verheirateten Mannes mit zwei erwachsenen Kindern, sondern das eines Verliebten, der den Erinnerungen des vergangenen Abends nachhängt, ab. Tatsächlich hörte er aber auf den Kuckuck, den dieser feuchte Spätfrühling so verrückt gemacht hatte, daß er jetzt, als es endlich warm wurde, nicht mehr aufhörte zu rufen. Aus jedem Winkel der Stadt konnte man ihn hören, so daß der Eindruck entstand, daß es in den umliegenden Wäldern nicht nur fünf oder zehn, nein, an die fünfzig Kuckucke geben mußte, die sich gegenseitig ablösten, wenn einer müde wurde.

Der Präsident legte seine Hand auf das Fensterbrett, das warm war von der Sonne, und seufzte. Jedes Jahr war es das gleiche. Eine unbestimmte Sehnsucht zog ihm das Herz zusammen, und ließ ihn auf etwas hoffen, das er nicht einmal genau bestimmen konnte und das sicher nie eintreten würde. Er ließ das Fenster offen und ging zurück zum Schreibtisch.

Um dieselbe Zeit wusch sich der Leiter der städtischen Frauenklinik im Vorraum des Operationssaales die Hände. Die letzte, soeben von ihm ausgeschabte Patientin wurde auf ihrem Bett an ihm vorbeigerollt, und er warf einen flüchtigen Blick auf das blasse, zur Seite gedrehte Gesicht. Später, wenn sie in ihrem Zimmer lag und die Wirkung der Narkose sich verflüchtigt hatte, würde er zu ihr gehen und ihr über die Haare streichen, wie er es bei allen tat, die ihm gefielen. Das war der Augenblick, in dem diese Frauen keinem anderen Mann gehörten als ihm. Keiner war ihnen jemals so nahegekommen, hatte sie so ausgehöhlt und erschöpft wie er, und an der Art, wie sie ihn ansahen, erkannte er die Macht, die er in dieser kurzen Zeit über sie hatte. Er liebte Frauen, er liebte sie, weil sie gleichzeitig nachgiebig und stark waren, er liebte es, sie zu berühren, ihre Reaktionen zu spüren, mit ihnen zu reden, und dabei betrachtete er sie mit einem kühlen, forschenden Blick, der auch dann nicht wärmer wurde, wenn sein Gesicht sich in einer plötzlichen Gefühlsregung rötete.

Er trocknete sich die Hände, rieb sie mit Glyzerin ein und sah in den Spiegel. In letzter Zeit gingen ihm immer mehr Haare aus, er würde bald eine Glatze haben, aber sie stand ihm gut – behauptete jedenfalls seine Frau. Auf dem Weg zum Sprechzimmer blieb er an einem offenen Flurfenster stehen und atmete tief durch. Der Kuckuck rief, und er stützte die Arme auf und beugte sich hinaus. Das Krankenhaus lag über der Stadt, und so konnte er über die kleinen Gassen und verschachtelten Dächer hinwegsehen auf das breite Band des Flusses und auf die sanft ansteigenden Hügel des Drudenberges auf der anderen Seite, auf dessen Spitze eine Kapelle stand, damit den Hexen dort das Tanzen verging. Er lächelte. Kleine Gliedmaßen aus Wachs hingen in der Kapelle, Finger, Hände und Füße. Warum brachte ihm keine der Frauen, denen er geholfen hatte, eine Gebärmutter aus Wachs? Der Kuckuck hörte nicht auf zu rufen, und er dachte an den Kindervers, den seine Mutter ihm vor vielen Jahren beigebracht hatte:

> Kuckuck, sag mir doch,
> wieviel Jahre leb ich noch.

Er wollte zu zählen beginnen, aber in diesem Moment verstummte der Vogelruf. Er lauschte noch eine Weile, als es still blieb, verzog er den Mund, zuckte die Achseln und ging weiter.

Es war auch die Zeit, in der die große Pause im Gymnasium ihrem Ende zuging. Der Schulhof leerte sich allmählich, nur der Oberstudiendirektor, weißhaarig und leicht nach vorn gebeugt, als könnte er sich dadurch kleiner machen, wartete unter der großen Ulme in der Hofmitte, bis auch der letzte Schüler verschwunden war. Erst dann ging er über den nun stillen, besonnten Platz, hob Papier und weggeworfene Milchtüten auf und brachte sie zu dem Abfallkorb unter der Ulme. Er war ein Pedant, aber nur selten auf Kosten anderer. Er hätte natürlich dem Hausmeister den Auftrag geben oder einen der jüngeren Schüler zurückbehalten können, aber schließlich hatte er jetzt eine Freistunde, und nach den vielen verregneten Tagen würde es ihm ganz gut tun, noch eine Weile hier draußen an der Luft zu bleiben. Als er sich gerade nach einer zerbeulten Blechbüchse, mit der die Schüler Fußball gespielt hatten, bückte, hörte er den Ruf des Kuckucks. Vornübergebeugt blieb er stehen, einem Reiher ähnlich, der im Schlamm nach Futter sucht, und lauschte. Hatte er die Stimme des Kuckucks bei seiner Vogelstimmensammlung? Es war doch anzunehmen. Schließlich war er den ganzen letzten Sommer lang im Wald und auf den Feldern herumgekrochen, um die Stimmen aller Vögel, die es hier in der Gegend gab, auf Tonband zu bekommen. Zum Glück war er Junggeselle.

Welche Frau wäre bereit gewesen, abends einen verdreckten und erschöpften Mann in Empfang zu nehmen, der sich sofort in sein Zimmer zurückzog, um stundenlanges Gepiepse und Gezwitschere anzuhören?

Er richtete sich wieder auf, wog die Blechbüchse in der Hand und versuchte dann, nach einem kurzen Blick auf die langen Fensterreihen der Schule, sie in den ein paar Meter entfernten Abfallkorb zu werfen. Der Wurf glückte. Vergnügt kichernd rieb er sich die Hände und ging hinüber zum Fahrradschuppen, um nachzusehen, ob auch alle Räder ordnungsgemäß abgeschlossen waren.

I

Sie waren zusammen zur Schule gegangen, drei Freunde, die unzertrennlich schienen. Später hatten ihre verschiedenen Berufe sie auseinandergeführt, aber als erfolgreiche Männer, die alle drei die Spitze ihrer Laufbahn erreicht hatten, waren sie in die Stadt ihrer Kindheit zurückgekommen, um für immer hier zu bleiben.

Sie liebten diese kleine alte Stadt, die, in eine Schleife des Flusses gebaut, nur wenig Gelegenheit hatte, sich auszubreiten. Natürlich führten schon

Straßen die Hänge hoch, war der Wald teilweise abgeholzt und die dadurch freigewordene Fläche bebaut worden, aber immer noch schien der Stadtkern unversehrt aus dem Mittelalter herübergerettet. Den ganzen Sommer lang drängten sich Busladungen von Touristen durch die engen Gassen, bevölkerten Plätze, Weinstuben und Cafés, wurde es aber Abend, leerten sich die Straßen, tauchten wieder Hunde und Katzen auf, setzten die alten Leute ihre Stühle vor die Türen und unterhielten sich. Vieles war stehengeblieben hier, nicht nur die alten Mauern. Die Gewohnheit, samstags die Straße zu kehren, den Kuchen beim Bäcker backen zu lassen, sonntags andere Kleider zu tragen als an den Werktagen, hatte sich bei vielen erhalten. Nur nicht bei den Jungen, die lieber in einem der Neubauten am Waldrand lebten, ihren Kuchen schnell im Supermarkt mitnahmen und deren ganzer Lebensstil sich sowieso mehr nach außen orientierte.

»Wir aber«, hatte der Präsident einmal zu seinen zwei Freunden gesagt, »wir sind weder Fisch noch Fleisch.« Lange genug draußen gewesen, um zu wissen, wie überholt und veraltet manche der Vorstellungen hier waren, waren sie doch nicht mehr jung genug, nur so zu leben, wie es ihnen paßte, ohne Rücksicht auf andere. Sie fühlten sich einmal mit den Belangen der Stadt verbunden, aber sie fühlten sich auch wieder gebunden, beobachtet, kontrolliert und für mehr als einen Verein als Gallionsfiguren mißbraucht. Wo immer sie sich trafen, ob in einer der kleinen Weinstuben oder bei einem von ihnen zu Hause, nie waren sie für sich, und nicht einmal die Junggesellenwohnung des Oberstudiendirektors schien ihnen sicher, denn sie hatte dünne Wände und die Vermieterin gute Ohren. So griffen sie schließlich zu einer List. Der Oberstudiendirektor erwarb mit Hilfe der Stadt ein kleines altes Fachwerkhaus und richtete es als Heimatmuseum ein. Viel dazutun mußte er nicht. Das Haus war noch voll mit den Möbeln und Gerätschaften der alten Leute, die hier gewohnt hatten und schon vor Jahren gestorben waren. Es gab drei winzige Zimmer, übereinandergestaffelt und mit einer halsbrecherisch schmalen und steilen Treppe verbunden, die Decken waren so niedrig, daß der Oberstudiendirektor, wenn er zweimal wöchentlich seine Führungen machte, die im Grunde nur zur Tarnung dienten, sich noch mehr bückte als sonst. Niemand bekam den Schlüssel von ihm, und wenn eine Reinigung dringend notwendig war, schloß er der Putzfrau auf und klebte an ihren Fersen, als habe er Angst, sie könne etwas zerbrechen oder mitnehmen. In Wirklichkeit war es so, daß er und seine Freunde dieses Haus als eine Art Insel ansahen, die es zu schützen galt, einen Ort der Frei-

heit inmitten der Zwänge, mit denen sie leben mußten. Konnten sie auf der Straße einen Apfel essen,
ohne daß sie nicht wenigstens ein mißbilligender
Blick traf? Manchmal hatten sie sich nach der An-
onymität der Großstadt zurückgesehnt, wo kaum
einer sie kannte. Aber seit sie das Haus hatten, sich
jeden Mittwochabend dort trafen, der Präsident
seine Robe, der Arzt seinen weißen Kittel und der
Oberstudiendirektor seine lehrerhafte Pedanterie
vor der Tür ließen, wurden sie – eng zusammen-
gerückt um den Tisch, der im Erdgeschoß vor dem
großen Kachelofen stand und das Zimmer fast zur
Hälfte ausfüllte – mit einem Schlag wieder fünfzehn Jahre alt, listig und voller böser Gedanken, und
wenn sie das, was sie im Laufe des Abends, beflügelt
vom Wein, aushecken, tatsächlich jemals in die Tat
umgesetzt hätten, wäre die Stadt, ihrer drei Säulen
beraubt, bald ins Chaos gestürzt.

War es der warme Wind, der den Regen vertrieben
und dem Sommer den Weg ins Tal freigemacht hatte?
oder war es das Rufen des Kuckucks, dem sie am
Morgen, ohne voneinander zu wissen, zur gleichen
Zeit zugehört hatten? Bei ihrem heutigen Treffen
jedenfalls waren sie noch vergnügter als sonst.

Das Fenster zur Gasse hinaus stand offen, die weißen Mullgardinen blähten sich und legten sich über
die noch jungen Geranienpflanzen, die der Ober-

studiendirektor erst vor ein paar Tagen in den Holzkasten vor dem Fenster gepflanzt hatte. Ab und zu kam jemand draußen vorbei, aber da man schon von weitem die Schritte auf dem Pflaster hörte, dämpften sie ihre Stimmen oder schwiegen ganz, tranken sich zu und warteten, bis die Schritte vorüber waren.

Aus der Nachbarschaft hatten sie nichts zu befürchten. Rechts befand sich eine Schusterwerkstatt, in der sich nach Feierabend niemand mehr aufhielt, und links wohnte, wie sie wußten, eine alte Frau, die fast taub war. Gegenüber aber, in einem langgestreckten hohen Gebäude saß das städtische Katasteramt, dort fuhrwerkten nach Dienstschluß nur noch ein paar Putzfrauen herum, die froh waren, wenn sie das alte Gemäuer, das ihnen nach Einbruch der Dunkelheit unheimlich wurde, so bald wie möglich wieder verlassen konnten.

Sie tranken einen leichten Rotwein, den sie mit ein paar anderen Sorten im Keller lagerten. In einem Korb auf dem Tisch lag frischgeschnittenes dunkles Brot, das sie zu dem Wein aßen, und es schmeckte ihnen wie die in heißer Asche gebackenen Kartoffeln, die sie vor mehr als vierzig Jahren auf den Feldern miteinander geteilt hatten. Der Oberstudiendirektor war, wie immer, als erster betrunken. Wie er es schaffte, schon nach zwei bis drei Gläsern des leichten Landweins einen Rausch zu bekommen, war den beiden anderen ein Rätsel, aber sie nahmen an, daß seine fast mönchische Enthaltsamkeit auf allen anderen Gebieten ihn bei diesen seltenen Entgleisungen so anfällig machte.

»Ich wünschte«, sagte er mit schwerer Zunge, »wir könnten uns öfter sehen.« Er hielt sein Glas wie einen Kelch zwischen beiden Händen und nahm einen tiefen, schlürfenden Zug.

»Hier?« fragte der Arzt.

»Ja, hier oder woanders. Einmal in der Woche ist zuwenig.«

»Hört, hört«, sagte der Präsident, »diese Ausschweifungen sind ihm noch nicht genug. Aber im Ernst«, er legte ihm eine Hand auf den Arm und drückte ihn leicht, »du hast keine Familie, aber Rudolf und ich«, er nickte dem Arzt zu, »wir haben zwar die besten Frauen der Welt, aber es ist trotzdem nicht einfach, ihnen jede Woche neu klarzumachen, was wir hier treiben und warum sie niemals, kein einziges Mal dabeisein dürfen.«

»Das wäre Entweihung«, empörte sich der Oberstudiendirektor.

»Na, das denn wohl doch nicht. Aber noch ein Abend ist einfach zuviel. Schließlich haben wir noch andere Verpflichtungen, ganz abgesehen davon, daß ich meinen Schlaf brauche.«

»Ich doch auch.«

»Zugegeben. Aber wenn ich müde bin und etwas falsch mache, dürfte es doch schwerer ins Gewicht fallen, als wenn du deinen Schülern beibringst, daß in Wirklichkeit Asterix Kleopatras Liebhaber war.«

»Ha, ha«, sagte der Oberstudiendirektor, dem die unzähligen, heimlich unter den Bänken gelesenen Abenteuer des kleinen Galliers ein Greuel waren.

»Und bei Rudolf ist es dasselbe«, fuhr der Präsident fort, »nein, schlag dir das aus dem Kopf.«

»Wir könnten fischen gehen.«

»O Gott.«

»Oder wandern.«

»Nein.«

»Oder zu dritt einen Schrebergarten pachten.«

»Nein, nein. Garten haben Rudolf und ich gerade genug.«

»Ihr habt beide einen Gärtner«, beharrte er, »und ein bißchen Bewegung an der frischen Luft würde euch nicht schaden. Du bekommst allmählich einen Bauch und Rudolf eine Glatze.«

Der Arzt strich sich über den Kopf und grinste. »Was hat das mit der frischen Luft zu tun?«

»Die Haarwurzeln werden besser ernährt. Sie bekommen mehr Sauerstoff.« Er schob das Kinn vor und ignorierte ihren Spott. »Ich weiß sogar schon einen. Er liegt direkt am Fluß und ist seit letztem Herbst verwaist. Ich kann ihn sofort haben.«

»Wen?«

»Nun, den Garten. Wir legen ein paar Beete an, hacken und jäten ein bißchen und ziehen uns dann in die Hütte zurück, die dort steht.«

Der Arzt sah auf seine Hände. »Hacken und Jäten? Du bist verrückt.«

»Du kannst ja Handschuhe anziehen.«

Der Präsident lehnte sich auf seiner Bank gegen den Kachelofen zurück, hob sein Glas ins Licht und drehte es, daß die rote Flüssigkeit darin sich bewegte. »Tut mir leid, daß ich es aussprechen muß«, sagte er, »aber was werden die Leute dazu sagen?«

»Sie werden denken, daß wir recherchieren. Ihr wißt doch, was sich dort am Fluß alles herumtreibt. Kaum einer kontrolliert, wer alles in den Hütten wohnt, die in den Gärten stehen. Man wird annehmen, daß wir ein bißchen für Ruhe und Ordnung sorgen wollen.«

»Das glaubst du doch selbst nicht«, sagte der Präsident, und der Arzt fügte hinzu: »Ganz abgesehen davon, daß es kein sehr hübscher Gedanke ist.«

»Ist doch egal.«

»Meine Frau wird nicht mitmachen.«

»Ach was. Du gehst samstagnachmittags drei, vier Stunden weg, während sie beim Friseur sitzt. Schaut euch den Garten doch wenigstens mal an. Ich besorge den Schlüssel, und wir treffen uns Samstag an der Brücke. Zieht alte Kleider an, er ist sicher ziemlich verwildert.«

»Auch das noch«, seufzte der Präsident. Aber im Grunde begann er sich mit der Vorstellung zu befreunden und sah sich bereits mit seinen Freunden an einem Feuer sitzen, während im Hintergrund auf dem Fluß mit Lichtern besteckte Schleppkähne vorbeizogen. Der einzig Skeptische blieb der Arzt.

»Hast du eine Ahnung, wieviel Schnaken es da unten gibt?« fragte er.

»Jetzt gibt es noch keine. Und später sind wir vielleicht gar nicht mehr dort. Wenn es euch wirklich nicht gefällt. Ihr kommt also?«

»Wir kommen«, sagte der Arzt ergeben. Er brach ein Stück Brot auseinander und legte die eine Hälfte wieder zurück in den Korb. Was würde seine Frau dazu sagen? Sie war es gewohnt, an den Samstagnachmittagen, wenn die Kinder aus dem Haus waren, mit ihm ins Bett zu gehen. Sie liebte ihn immer noch mit einer ihm manchmal unbegreiflichen Leidenschaft, als könne sie dadurch seine Erinnerung an jede andere Frau, mit der er während der vergangenen Woche zu tun gehabt hatte, auslöschen.

Irgendwie schien die Bahnlinie, die etwa hundert Meter vom Ufer entfernt auf einem Damm verlief, die Gärten nicht nur optisch in zwei Hälften zu teilen. Die vorderen Gärten, von der Straße her einzusehen, waren sauber bepflanzt, mit abgezirkelten Beeten und geharkten Wegen. Zäune und Eingangstürchen, Holzhäuser und Wassertonnen leuchteten in frischen Farben. Kam man aber durch die Unterführung des Eisenbahndammes auf die andere Seite, bot sich ein weniger erfreuliches Bild. Die Gärten waren verwildert, Wicken krochen an den teilweise niedergesunkenen Zäunen entlang, Brombeerhecken, breit und undurchdringlich, säumten den Weg.

Gleich hinter der Unterführung, mit Blick auf den Fluß, stand ein Kiosk. Eine Geißblattlaube direkt daneben ließ ihre Ranken bis zum Boden herunterhängen, so daß man nah herangehen und sie beiseite schieben mußte, wollte man in ihrem Schatten den Tisch und die Stühle erkennen, die den Gästen zur Verfügung standen. Da viele der Hütten in dem verwilderten Teil der Gartenanlage von Dauergästen bewohnt wurden, gab es in dem Kiosk nicht nur das Übliche, Getränke, Zigaretten und Süßigkeiten, sondern auch Brot, Zucker, Konserven und was sonst eben unbedingt nötig war. Um die Mittagszeit boten die alte Frau und ihre Tochter, die den Kiosk gemeinsam führten, sogar ein Essen an, einfach genug, denn das Angebot reichte von Erbseneintopf mit Würstchen bis Linseneintopf mit Würstchen. Trotzdem war dieser Mittagstisch heiß begehrt. Einmal war er nicht teuer, und zum zweiten konnte man sich beim Essen an einem neutralen Ort treffen und miteinander reden. Gegenseitiger Besuch in den Hütten war nicht üblich. Hatte man Angst, daß etwas gestohlen wurde, oder waren die Hütten mancher Nachbarn doch um einen Bruchteil komfortabler eingerichtet, so daß man sich einem ungünstigen Vergleich ausgesetzt sah? Die Bewohner selbst hätten es nicht sagen können. Sie lebten in ihren Hütten wie Tiere in Höhlen, und wenn sie hervorkamen, um ihren Geschäften nachzugehen, verrammelten sie die morschen Eingänge, als läge dahinter Ali Babas Höhle mit ihren unermeßlichen Schätzen.

Es lebten dort, wie die drei Freunde im Laufe des Sommers allmählich in Erfahrung bringen konnten, ein Schrotthändler mit seinem beschränkten Sohn, der mit einem klapprigen Citroen die Dörfer abfuhr, ausgediente Waschmaschinen, Herde, Kühlschränke sammelte und auf seinem Grundstück zwischen Bohnen und Tomatenstöcken stapelte. Was er damit anfing, war seiner Umgebung ein Rätsel, ab und zu stieg er mit seinem Sohn in dem Wirrwarr umher, man hörte Hämmern und Klopfen und das helle Kreischen einer Säge, dann wurde wieder ein Stück aufgeladen, und er verschwand damit in Richtung Stadt. Der Präsident fand später heraus, daß einer seiner Abnehmer ein Künstler war, der Unsterbliches aus altem Gerümpel schuf, denn er erkannte bei einer Ausstellung im Rathaussaal einen genial in rostiges Eisen eingeschweißten Blecheimer mit der Aufschrift NATTERMANNS GURKEN SIND DIE BESTEN wieder, der wochenlang hinter dem Zaun des Schrotthändlers in den Brennesseln gelegen hatte.

Zwei weitere Bewohner waren ein älteres Geschwisterpaar, ein Mann und eine Frau, die davon lebten, daß sie das in ihrem Garten gezogene Gemüse auf dem Wochenmarkt verkauften. Dann gab es eine Familie, die viele Kinder hatte, genug, wie ihr Ernährer fand, daß man vom Kindergeld leben und er sich zur Ruhe setzen konnte. Es gab ein paar Penner, die ab und zu verschwanden, einen fliegenden Händler, einen pensionierten Briefträger, der seine Frau verlassen hatte, einen Mann, der mit Hunden handelte, und, und, und...

Von alldem ahnten sie noch nichts, als sie sich am frühen Samstagnachmittag auf der Brücke trafen, von der aus man die Gärten übersehen konnte. Natürlich wußten sie, daß es dort unten ein paar mehr oder weniger von den Behörden geduldete Schlangennester gab, der Lehrer und, auf dem Umweg über die Staatsanwaltschaft, auch der Präsident hatten mit dem einen oder anderen der Bewohner schon flüchtig zu tun gehabt, nur der Arzt war noch mit keinem von ihnen in Berührung gekommen, und während er jetzt seine weißen Hände über der Brüstung kreuzte und hinuntersah, spürte er auch kein großes Verlangen, das Versäumte nachzuholen.

Der Fluß, immer noch bis fast an den Rand seines Bettes mit Wasser gefüllt, glitzerte in der Sonne. Ein Kahn kam unter der Brücke hervor und tuckerte langsam stromaufwärts. Möwen kreischten und flogen in weiten Bögen über das Wasser.

»Das muß doch alles überschwemmt gewesen sein«, sagte der Arzt.

»Das war es auch. Allerdings nur für zwei Tage.« Der Oberstudiendirektor holte aus der Tasche seiner Bundhose, die er seit seinen Vogelstimmenexkursionen nicht mehr getragen hatte und die ihm inzwischen zu weit geworden war, einen großen rostigen Schlüssel, den er den Freunden stolz auf der geöffneten Hand präsentierte.

»Als wäre der nötig«, meinte der Arzt, der von oben gesehen hatte, daß der ihnen zugedachte Garten einen an vielen Stellen eingerissenen und niedergetretenen Drahtzaun hatte.

»Den Zaun werden wir natürlich als erstes in Ordnung bringen«, sagte der Oberstudiendirektor, der seinem Blick gefolgt war, und steckte den Schlüssel wieder ein. Sie verließen die Brücke und liefen durch das Areal der gepflegten Gärten bis zur Bahnunterführung, in der der Präsident einen Moment stehen blieb und schnüffelte. Wasser lief innen an den Steinen herunter, es roch nach Hundekot und Urin. »Ab hier beginnt die Unterwelt«, sagte er, aber als sie hinaustraten, empfing sie der Duft blühenden Geißblatts, das die Laube überrankte. An die mit blechernen Reklameschildern bedeckte Wand des Kiosks gelehnt stand ein dunkelhaariger junger Mann, der bei ihrem Näherkommen den Kopf hob und sie mißtrauisch musterte. Er war athletisch gebaut, mit breiten Schultern und einem kräftigen Hals, aber an der Art, wie er dann nach einem letzten abschätzenden Blick die Flasche, die er in der Hand hielt, hochhob und daraus trank, laut schmatzend und mit so gierig saugenden Bewegungen, daß rechts und links von seinem Mund mit Bier vermischte Speichelfäden herunterliefen, erkannten sie, daß er in seiner geistigen Entwicklung auf der Stufe eines Kleinkindes stehengeblieben war.

Sie gingen grußlos an ihm vorbei, musterten im Vorübergehen das Warenangebot hinter den von Fliegendreck verklebten Glasscheiben des Kioskes, wandten sich hinter der Laube nach links, wo ihr Weg sie zwischen Brombeerhecken zum Fluß hinunterführte. Ihr Garten war der dem Wasser zunächstgelegene, nur wenige Meter vom Ufer entfernt.

Während der Oberstudiendirektor mit verzweifeltem Zerren und Ziehen das eingerostete Schloß zu öffnen versuchte, stiegen der Arzt und der Präsident über den heruntergetretenen Zaun und bahnten sich durch Brennesseln und anderes Unkraut einen Weg zur Hütte. Die Tür war nur angelehnt, sie stießen sie auf und traten ein. Der Boden war mit ausgetrocknetem Schlamm bedeckt, den der Fluß zurückgelassen hatte, er zerbröselte unter ihren Füßen und durchsetzte die ohnehin schon stickige Luft in dem kleinen Raum mit seinem modrigen Geruch. An der Wand gegenüber der Tür war ein Fenster, der Arzt stieß es auf und atmete tief durch. Es gab ein Sofa in der Ecke, einen Tisch und zwei Stühle. Neben einem niedrigen Schrank lehnte ein Besen, der so ausgefranst war, daß sich bei ihm, wie bei allem anderen, das Mitnehmen anscheinend nicht gelohnt hatte. Das Sofa und die Stühle sahen morsch aus, der Präsident hob sie kurzerhand hoch und warf sie durch die offenstehende Tür hinaus ins Freie. Mit Hilfe des Arztes folgten das Sofa und der Tisch, nur der Schrank fand Gnade vor ihren Augen und blieb stehen.

»Wasser«, sagte der Präsident, »ein Schrubber und anschließend Farbe, das ist es, was wir brauchen. Alte Möbel hab ich zu Haus auf dem Speicher genug. Auch einen Teppich. Dann müssen natürlich ein paar Bilder her, Vorhänge und eine neue Lampe.« Angeregt zog er seine Jacke aus und krempelte die Hemdsärmel hoch. »Gibt's hier irgendwo ein Telefon?« fragte er. Der Arzt tippte sich an die Stirn. »Du spinnst wohl«, sagte er, »kein Mensch hier hat ein Telefon. Wen wolltest du denn anrufen?«

»Meine Frau«, sagte er gekränkt, »damit sie den Gärtner mit ein paar Sachen rüberschickt. Sie hat ihn für heute bestellt, und er kann genausogut uns helfen.«

»Kommt nicht in Frage«, sagte der Oberstudiendirektor unter der Tür. Er hatte inzwischen den Kampf mit dem Schloß aufgegeben und war seinen Freunden über den Zaun gefolgt. »Niemand außer uns dreien setzt einen Fuß hier herein. Das wäre ja noch schöner. Ich hole alles, was ihr braucht.«

»Augenblick«, sagte der Arzt, »laß das mich machen. Ich bin sowieso keine sehr begeisterte Putzfrau.« Er blies sich den Staub von den Fingern und steckte sie dann in die Hosentaschen. Mit angezogenen Ellenbogen schlängelte er sich zwischen den im Unkraut liegenden Möbelstücken durch und verzog sich in Richtung Gartenzaun, den er lässig, mit immer noch tief in die Taschen gesteckten Händen, übersprang, bevor er sich, erleichtert, der Fron harter körperlicher Arbeit so schnell entkommen zu sein, auf dem Weg zur Unterführung hin immer weiter von ihnen entfernte.

3

Zwei lange Samstagnachmittage genügten, um die Hütte wohnlich zu machen und ihren Vorstellungen entsprechend einzurichten. Es hatte dem Präsidenten riesigen Spaß gemacht, all das, was zu Hause der Zensur seiner Frau zum Opfer gefallen war, wieder vom Speicher zu holen und in ihr neues Asyl zu schleppen, so daß sich nach und nach all die Verirrungen seiner Sturm- und Drangzeit in der kleinen Hütte wiederfanden. Da hing neben einer tibetanischen Gebetsmühle eine Bongotrommel, und diese wiederum neben einem bestickten Kissenbezug, den ihm seine Tanzstundendame einmal verehrt hatte. Auf dem Schrank teilte sich ein ausgestopftes Eichhörnchen mit Mottenlöchern im Fell den Platz mit einer ebenso durchlöcherten Weltkugel. Dekorativ verstreut und an die Wände genagelt baumelten Schlangenhäute, ein Beitrag des Oberstudiendirektors, der damit eine seiner zahlreichen Sammlungen geplündert hatte. Ein Tisch, drei Stühle vervollständigten die Einrichtung. Die alten Möbel hatten sie kleingehackt und im Garten verbrannt.

Womit sie gerechnet hatten, was aber nicht eingetreten war, niemand hatte sich unter der Woche an ihrer Hütte zu schaffen gemacht. Sie fanden alles vor, wie sie es verlassen hatten. Wußten die Leute hier, wer sie waren? Es war doch anzunehmen. Merkwürdig war, daß niemand sie bis jetzt angesprochen hatte, keiner an den Zaun gekommen war, um ihnen bei der Arbeit zuzusehen oder sich wenigstens über den Rauch zu beschweren, der beim Verbrennen der immer noch feucht gewesenen alten Möbel entstanden war.

Sobald sie die Unterführung durchschritten hatten, hatten sie das Gefühl, in eine Art verlorenes Land zu kommen, ehemals bewohnt, jetzt verlassen, und der Gegensatz war um so größer, weil die Gärten auf der anderen Seite, je schöner und je sonniger die Samstagnachmittage wurden, voller Leben waren. Männer hackten in den Beeten, Frauen deckten mit Geschirr klappernd die Tische vor den Gartenhäusern, Kinder liefen schreiend und spielend umher, und von allen Seiten plärrte Transistormusik. Hinter dem grasbewachsenen Bahndamm aber stand einsam der Kiosk, niemand darin, wenn sie durchs Fenster spähten, nur in der Laube rauschte und atmete es, als würden sie von dorther durch das Gerank viele Augen beobachten.

Als sie an ihrem vierten Samstag, es war ein Samstag im Juni, voll Wärme und Licht, durch die Unterführung kamen, fanden sie auf dem Brett, das sich außen am Kiosk entlangzog, zwei Teller mit noch dampfender Suppe. Man hatte also einen Spion aufgestellt, der ihr Kommen meldete. Der Arzt blieb stehen und roch an der Suppe. »Mhm«, sagte er, »sie riecht nicht schlecht.« Er nahm den danebenliegenden Löffel und begann zum Entsetzen seiner Freunde zu essen. »Gut«, kaute er, »ja, soweit ganz gut. Etwas zuviel Salz würde ich sagen, und dann fehlt noch eine Prise Thymian, meinetwegen auch Majoran. Sie ist nicht rund genug, das ist es. Ein klein wenig ohne Gefühl zubereitet. Na ja.« Er legte den Löffel zurück. Lautes Schnauben aus der Laube hatte seine letzten Worte begleitet, jetzt teilten sich die Ranken, und eine große kräftige Frau kam herausgestürzt. Sie war noch jung, und sie war rosig, rosig die Arme und der Hals und sicher auch das Gesicht, das aber jetzt, weil sie wütend war, in einem dunklen Rot glühte.

»Nicht rund, meine Suppe.« Sie drängte den Präsidenten und den Oberstudiendirektor beiseite und stellte sich mit in die Hüfte gestützten Armen vor den Arzt. Er war kleiner als sie, und so mußte er den

30

Kopf zurücklegen, um ihr in die Augen zu sehen. Sie wich ihm nicht aus, aber sein Blick, spöttisch, kühl und unbeteiligt, schien sie fast rasend zu machen. »Was sucht ihr überhaupt bei uns«, schrie sie, »vornehme Schnüffler, die ihr seid. Ab und zu mal die Polizei, das ist in Ordnung, aber ihr setzt euch hier zwischen uns und spielt die Unschuldigen. Zum Kotzen find ich das.« Aus der Laube drang beifälliges Gemurmel.

»So ist es nicht«, sagte der Oberstudiendirektor hinter ihrem Rücken. Er legte seine Fingerspitzen gegeneinander und wippte auf den Füßen. »Liebe Frau…«, wollte er fortfahren, aber er kam nicht weiter. Sie schwenkte so schnell herum, daß ihre mächtigen Brüste ihn streiften. Erschrocken legte er seine Hände auf den Rücken.

»Was ist es dann?« fragte sie herausfordernd.

»Frische Luft«, sagte er, »ein Garten am Fluß, etwas Abwechslung für uns drei, nach der Woche Müh und Plag.« Er kicherte gequält.

»Nach der Woche Müh und Plag«, wiederholte sie staunend. Sie starrte in sein ängstliches Gesicht und ließ den Blick dann langsam über das karierte Hemd, die Kniebundhosen und die grobgestrickten Strümpfe gleiten, die er zu derben Wanderschuhen trug. Plötzlich legte sie den Kopf zurück und begann zu lachen. Es war ein enormes Lachen, das die ganze Frau er-

schütterte, ihr Bauch hüpfte, als tanze ein Kind
darin, und sie legte beide Hände darüber, um ihn zu
beruhigen. Ob es ihr Lachen war, das den Bann ge-
brochen hatte? Auf jeden Fall kam nun auch in diese
Gärten Leben. Hunde bellten, jemand rief etwas, und
auf dem ihnen zunächst gelegenen Grundstück öffnete sich die Tür der Hütte, ein paar Kinder kamen
heraus, die sofort zum Zaun ausschwärmten, um sie
zu begaffen. Aus der Geißblattlaube kamen zwei
Männer und eine kleine alte Frau, deren runzliges
Gesicht dem eines Äffchens glich.

»Meine Mutter«, stellte die junge Frau vor, »und
das sind Karfunkel und Sohn, sie machen in Schrott.«
Karfunkel der Sohn stellte sich als der junge Mann
heraus, der mit solch säuglingshafter Inbrunst Bier
zu trinken verstand, Karfunkel der Vater machte dagegen einen ganz vernünftigen Eindruck und ver-
schaffte sich auch sofort den Suppenteller, aus dem
noch nichts gegessen worden war.

»Möchten Sie auch etwas essen«, fragte die alte
Frau, »die Portion kostet nur eine Mark.«

»Wir kommen gerade vom Essen«, sagte der Arzt.

»Achtzig Pfennige«, drängte die Alte. Die junge
Frau schob sich vor sie. »Du hast gehört, Mutter,
daß sie schon gegessen haben. Aber ich hoffe«, sie
schenkte dem Oberstudiendirektor und dem Präsidenten ein verheißungsvolles Lächeln, »ich hoffe,

daß die Herren uns heute Abend einen kleinen Einstand geben. Hier in der Laube, ist das recht?«

Die beiden Angesprochenen nickten. Der Arzt legte ihr den Arm um die Hüfte und zog sie leicht an sich. »Bin ich nicht erwünscht?« fragte er. Unwillig machte sie sich frei. »Meinetwegen«, sagte sie, »kommen Sie mit.« Sie sah ihnen nach, wie sie den Weg hinuntergingen, und schüttelte den Kopf. »Mit den beiden Großen«, sagte sie, »mit denen werd ich fertig. Aber den Kleinen, nein, den mag ich nicht.«

Karfunkel junior hörte einen Augenblick auf, an seiner Suppe zu schlürfen, und hob den Löffel. »Mag sie nicht«, wiederholte er, nickte bedeutsam und aß weiter.

4

Bei Beginn der Dämmerung hatten die kleinen weißen Blüten des Geißblatts sich geöffnet und sandten einen nun geradezu betäubenden Duft aus. Nachtfalter und Käfer umschwirrten die von innen beleuchtete Laube und ließen sie von weitem wie eine zu Lustbarkeiten jeglicher Art geschmückte Barke aussehen, die über Wasser trieb. Die schaukelnden Bewegungen aber, die diesen Eindruck hervorriefen, kamen nicht vom Wasser, sondern, wie die drei

Freunde beim Näherkommen feststellten, von einem tanzenden Paar, das sich immer wieder in den Ranken verfing.

Es waren Karfunkel junior und die junge Frau von heute mittag, die da zu dem Gesang ihrer Freunde miteinander tanzten und die bei ihrem Eintreten auch nicht aufhörten, sondern eher noch wilder im Kreis herumschwangen. Etwas verstört bemerkte der sparsame Oberstudiendirektor, daß sich der Kreis der von ihnen Freizuhaltenden gewaltig vergrößert hatte. An dem langen Tisch, der so aufgestellt war, daß Platz zum Tanzen blieb, saßen seltsame Gestalten, die in dem gelblichen Licht einer Petroleumlampe gefährlicher aussahen, als sie es in Wirklichkeit wahrscheinlich waren. Bereitwillig machte man ihnen Platz. Der Oberstudiendirektor bekam den Schrotthändler zum Nachbarn, den Präsidenten nahmen ein schmächtiger junger Mann, dessen Gesicht unter einer gewaltigen Haarmähne fast verschwand und der sich später als der fliegende Händler herausstellen sollte, und ein schweigsamer Riese in der abgeschabten Uniform eines Briefträgers, in ihre Mitte. Der Arzt geriet neben den Familienvater, der ihm sofort die Nachteile der Geburtenbeschränkung auseinanderzusetzen begann.

»Meine Hilde«, sagte er, »hat jedes Jahr eins gekriegt, und es hat ihr gutgetan. Treibt den Weibern die Flausen aus dem Kopf. Und ich, ich bin der einzige hier, der's sich erlauben kann zu privatisieren, außer ihm natürlich, aber er hat seine Pension.« Er zeigte auf den Briefträger.

»Wenn alle so denken würden wie Sie«, sagte der Arzt, »würde es Ihnen bald nicht mehr so gut gehen.«

»Kann ja sein«, meinte der erfolgreiche Vater gutmütig, »aber jetzt geht's mir jedenfalls gut. Wie ich gehört habe, schmeißt jeder von euch eine Runde. Laß Karfunkelchen stehen und bring uns was zu trinken, Ida«, rief er der jungen Frau zu, und, zu dem Arzt geneigt, gönnerhaft, als ginge die Einladung von ihm aus: »Was soll's denn sein?«

»Was die Herren und Damen wünschen«, sagte der Arzt.

»Was die anderen wollen, weiß ich«, die junge Frau löste sich von ihrem Tänzer und kam zum Tisch. »Was soll ich Ihnen bringen?«

»Mir ein Bier.«

»Mir auch«, sagte der Präsident.

»Und Sie?« wandte sie sich an den Oberstudiendirektor, der, seit sie an den Tisch gekommen war, den Blick nicht mehr von ihr wenden konnte. Sie sah aber auch phantastisch aus. Das grüne Kleid, das sie trug, war so tief ausgeschnitten, daß ihre Brüste wie zwei runde Brotlaibe beinahe herausfielen, als sie sich jetzt über den Tisch näher zu ihm beugte. Das rötliche Haar, das sie aufgesteckt trug, hatte sich beim Tanzen zum Teil wieder gelöst und stand wirr und im Widerschein der Lampe golden schimmernd um ihren Kopf. Überhaupt schimmerte jetzt ihre ganze Haut, wo immer sie sichtbar wurde, und sie schien in dieser Beziehung sehr großzügig zu sein, golden wie die einer reifen Melone. »Und Sie?« wiederholte sie spöttisch, ihrer Wirkung wohl bewußt und mit der warmen Haut ihrer Brust fast sein Gesicht streifend.

»Ein Bier«, krächzte er.

Sie richtete sich auf und ging durch eine offenstehende Tür in den Kiosk, der mit einer Seite an die Laube angebaut war. Der Schrotthändler hatte den Vorgang mit großem Interesse verfolgt.

»Wenn Sie scharf auf sie sind«, sagte er, »da gibt es eine Möglichkeit.«

»Ich... aber ich bitte Sie. Also das ist doch...« Verstört sah er sich nach seinen Freunden um. Der Präsident lächelte ihm zu, mit dem sanften und verträumten Blick, den er sonst nur hatte, wenn er Gedichte schrieb, der Arzt aber hielt die Lider gesenkt, mit aufgestütztem Arm, eine Hand über die Stirn gelegt, schien er von der offensichtlichen Verwirrung seines Freundes nichts mitbekommen zu haben.

»Es ist nämlich so«, fuhr der Schrotthändler fort,

ohne auf die schwachen Proteste des Oberstudiendirektors einzugehen, »wir alle hier sind verrückt
nach ihr, und da sie uns mag und ein gutmütiges
Mädchen ist, will sie nicht einfach nein sagen. Sie
sagte, einmal im Jahr kann einer sie haben.« Er
seufzte und schwieg. »Also«, sprach er schließlich
weiter, »gaben wir uns damit zufrieden. Wir sagten
uns, Weihnachten ist auch nur einmal im Jahr. Zehn-
mal im Jahr Weihnachten wär doch blöd, oder?«
Seine Freunde gaben ihm recht. »Und damit es keinen Streit gibt, sind Bedingungen zu erfüllen.«

»Bedingungen?« fragte der Arzt. Er hatte die
Hand heruntergenommen und sie über die andere
gelegt, als müsse er sie festhalten. Auf seiner Stirn
glänzten winzige Schweißtropfen.

»Ja. Wer im Oktober den schönsten Kürbis hat,
dem gehört sie – für eine Nacht. Sie sagt, wann es soweit ist, und wir kommen und legen unsere Kürbisse
hier herein.« Er streckte die Arme aus und bezog den
ganzen Raum mit ein. »Sie weiß nicht, welcher welchem gehört. Und wir wissen nicht, wer gewonnen
hat.«

»Wieso?«

»Nun, wir gehen weg. Nach einer Viertelstunde
kommen wir zurück und nehmen unsere Kürbisse
wieder mit.«

»Und?«

»In einem von ihnen steckt tief innen, mit einer Stricknadel hineingestoßen, ein kleiner roter Stein. Ach ja, jeder Kürbis hat ein Loch, aber nur einer von uns steht in der Nacht mit dem Stein in der Hand vor ihrer Tür.«

»Das kommt für uns natürlich nicht in Frage«, meinte der Präsident wehmütig, »so hübsch ihre Idee auch ist. Wir können uns das einmal schon von unserer Stellung her nicht leisten, und dann sind der Doktor und ich verheiratet.«

»Ach was«, sagte der Schrotthändler, »es wäre einfach nett von Ihnen mitzumachen. Sehen Sie, wir bieten es Ihnen an, obwohl dann unsere Chancen fallen. Wer hier dazugehören will, macht mit. Alle machen mit.«

»Alle?«

»Alle Männer, die hier wohnen. Auch der vor Ihnen die Hütte hatte.«

»Wo ist der eigentlich«, fragte der Präsident den Oberstudiendirektor. »Du sagtest nur, der Garten wäre frei.«

»Ich weiß nicht. Ich war bei der Stadtverwaltung und fragte nach einem Garten. Und sie sagten, ich könnte einen haben, aber nur auf dieser Seite.«

»Vielleicht doch die falsche Seite für Sie«, meinte der Briefträger. Es war das erstemal, daß er etwas sagte, seit sie am Tisch saßen, und seine Stimme, die so tief war, daß sie aus einem Keller zu kommen schien, erschreckte sie.

»Warum?« fragte der Arzt.

»Weil er nämlich tot ist. Der aus Ihrem Garten. Im Fluß ersoffen.«

»Hat er sich...?«

»Er hat sich oder es hat ihn. Wer soll das wissen.«

Alle schwiegen. Man hörte das Klatschen der Falter, die gegen das Glas der Lampe stießen. Dem süßen Geruch des Geißblatts war plötzlich ein bitterer Geschmack beigemischt. Der Familienvater hustete und scharrte unwillig mit den Füßen. »Wo, verdammt nochmal, bleiben denn die Getränke? Ist Ida da draußen eingeschlafen?«

Als habe sie auf dieses Stichwort gewartet, erschien die junge Frau mit einem Tablett voll Flaschen und Gläsern unter der Tür. Hatte sie sich absichtlich so lange zurückgehalten? Hatte sie zugehört? Ihrem Gesicht war nichts anzumerken. Das Haar war gekämmt und frisch hochgesteckt. Als sie dem Arzt das Bier hinstellte, packte er sie am Handgelenk und zog sie zu sich her.

»Wer«, flüsterte er, damit die anderen ihn nicht hörten, »wer hat letztes Jahr gewonnen?«

Sie blieb einen Moment stumm und überlegte. »Werden Sie's auch niemandem verraten?« sagte sie dann.

»Nein.«

»Hugo war's.«

»Und wer ist Hugo?«

Sie legte ihren Mund auf sein Ohr und sprach so leise, daß es wie ein Hauch klang. »Der Mann aus Ihrem Garten«, sagte sie.

Er ließ ihre Hand abrupt los, und sie taumelte zurück und sah auf ihn hinunter. Es lag eine stumme Frage in seinem Blick, aber sie antwortete nicht. Probier's doch, schienen ihre verächtlich verzogenen Lippen zu sagen, von mir wirst du nichts erfahren. Mit einer gleichgültigen Bewegung nahm sie das Tablett auf und ging weiter.

5

Die Frau des Präsidenten hatte die Frau des Arztes zum Kaffee eingeladen. Obwohl sie sich öfter sahen, waren sie nicht eigentlich befreundet, dazu gingen ihre Interessen zu sehr auseinander. Die Frau des Präsidenten war die aktivere, sie war Mitglied im Kunstverein, half einen Nachmittag in der Woche ehrenamtlich in der Stadtbücherei mit, las täglich zwei Zeitungen und im Schnitt jede Woche mindestens ein gutes Buch, und ein Buch war nur dann gut für sie, wenn es schwer zu lesen und vor allem in einer Sprache geschrieben war, die sich über die Alltagssprache erhob.

Die Frau des Arztes, die nur wenig las, und wenn, dann vielleicht einmal einen Kriminalroman, konnte da nicht mithalten. Sie ging ganz darin auf, nur für ihren Mann dazusein, während es dem Präsidenten schon mal passieren konnte, daß er hungrig nach Hause kam, aber noch eine ganze Weile auf sein Essen warten mußte, weil seine Frau sich bei einem Glas Rotwein und den dezent unterlegten Tönen des Forellenquintetts mit dem Butt abquälte.

Aber womit sie sich jetzt beschäftigen mußte, waren weit profanere Dinge, und sie stieß das Wort, in das grau-blau gemusterte Sofa zurückgelehnt und die Kaffeetasse in der vor Aufregung zitternden Hand, so angewidert hervor, als handle es sich um ein tödliches Gift. »Jauche«, sagte sie, »stellen Sie sich vor, er telefoniert herum und bettelt um einen Eimer Jauche.«

Sie stellte klirrend ihre Kaffeetasse ab und zog mit zusammengepreßten Lippen die Luft durch die Nase, als stünde ein Eimer mit dieser entsetzlichen Flüssigkeit schon mitten im Zimmer.

»Was ist so schlimm daran«, sagte die Frau des Arztes. Sie war klein und im Verhältnis zu der eher knochig wirkenden Frau des Präsidenten fast rundlich, mit einem weichen, kindlichen Gesicht, das sie manchmal nicht viel älter aussehen ließ als eines ihrer Kinder.

»Was schlimm daran ist?« fragte die Frau des Präsidenten. »Man fängt zu tuscheln an in der Stadt. Das ist schlimm.«

»Wegen eines Eimers mit Jauche?«

»Nicht nur das, meine Liebe, nicht nur das.« Sie stand auf und lief im Zimmer umher. »Sie scheinen keine Ahnung zu haben. Es ist ja nicht so, daß sie nur der verrückten Idee nachlaufen, einen Garten zu bestellen, obwohl wir, weiß Gott, Garten genug haben«, sie zeigte aufs Fenster, durch das man den gepflegten Rasen mit seinen Blumenrabatten und den ihn im Hintergrund begrenzenden Sträuchern sehen konnte, »nein, es gibt da auch eine Frau.«

Die Frau des Arztes öffnete den Mund, ohne etwas zu sagen, sie sah erstaunt und so töricht aus, daß die andere sich ärgerlich abwandte und mit dem Rücken zu ihr ans Fenster stellte. »Eine Frau«, sagte sie, »jawohl. Mit der sie an den Samstagabenden Bier trinken und tanzen und womöglich noch mehr tun.« Ihre Stimme bebte. »Darüber reden die Leute, nicht nur über die Jauche, die sie alle drei so dringend für ihre Kürbisse brauchen. Kürbisse...« Sie lachte. »Ich sollte es einmal wagen, meinem Mann Kürbisgelee zum Frühstück hinzustellen. Er kann Kürbis nicht ausstehen.«

»Es macht ihnen nun mal Spaß«, sagte die andere schwach.

»Spaß? Ja. Es fragt sich nur, was ihnen solchen Spaß macht.« Die Frau des Arztes ließ die Tischdecke los, an der sie die ganze Zeit gezupft hatte, und hob energisch den Kopf. »Was immer Sie denken mögen«, sagte sie, »für meinen Mann gilt das nicht. Alle diese Frauen, mit denen er zu tun hat, verlieben sich mehr oder weniger in ihn, und wenn es nur für die Zeit ist, die sie bei ihm im Krankenhaus liegen. Es ist seine Art, die sie anzieht und dann...«, sie stockte, »er ist ihnen allen überlegen, verstehen Sie? Er mag Frauen, aber nie könnte eine ihn aus der Ruhe bringen. Vielleicht denkt er an die Form ihrer Gebärmutter, wenn er sie ansieht, oder an ihre Eierstöcke, ich weiß es nicht, ich weiß nur, daß er nie den Kopf verliert. Niemals.« Sie wurde rot. »Ich meine damit natürlich nicht, daß es zwischen uns nichts gibt.«

»Sie meinen, er ist nicht sehr leidenschaftlich«, sagte die Frau des Präsidenten trocken.

»Ja. Ja, das meine ich.«

»Nun, ein Feuerwerk ist meiner auch nicht gerade. Aber selbst wenn sie mit der Dame nichts haben, finde ich, sie müßten an uns denken, an uns, und nicht zuletzt an die Stadt.«

»Die Stadt?«

»Ja, die Stadt. Wenn diese drei nicht ihre Stützen

sind, wer ist es dann? Bürgermeister kommen und gehen. Aber unsere beiden, und der Oberstudiendirektor, dieser alte Esel, sie sind doch die Männer, auf die man hört, die gefragt werden, wenn es eine Veränderung geben soll, sie sind die Männer, die man achtet, und jetzt fangen die Säulen an zu wackeln. Meine Schneiderin...«

»Ja?«

»Meine Schneiderin, die immer für mich da war, die alle anderen Termine meinetwegen hinausgeschoben hat, wissen Sie, was sie gestern sagte, als ich wegen eines neuen Kleides anrief?«

»Nein?«

»Sie könne vorläufig nichts mehr annehmen. Sie hätte zuviel zu tun.«

»Ist das wirklich wahr?«

»Aber ja.«

»Dann«, sagte die Frau des Arztes, »ist die Sache doch ernster, als ich dachte.«

6

Mit den drei Freunden war eine seltsame Veränderung vor sich gegangen. Und es lag wohl nicht nur an der Dame, deretwegen ja der ganze Wettbewerb überhaupt stattfand, daß sie sich nicht mehr verstanden wie früher, es war wohl auch der Kampf an sich, der Kampf, wer den schönsten und größten Kürbis bekommen würde, der sie entzweite.

Keiner von ihnen hätte später noch genau sagen können, was sie nun doch bewogen hatte, mitzumachen. War es ein Spaß, oder der Wunsch, dazuzugehören, wenn diese komische Bande sich samstagsabends in der Laube traf, oder war es letzten Endes doch der prickelnde Gedanke, was wäre, wenn...

Um selbst aus Samen Pflanzen zu ziehen, war es schon zu spät gewesen, aber die anderen Teilnehmer hatten ihnen bereitwillig junge Kürbispflanzen abgegeben, zu bereitwillig, fand der Arzt, der sich seine Gedanken machte – aber er sagte nichts. Der Präsident hatte von seinem Gärtner einen schönen duftenden Komposthaufen anfahren lassen, in den sie nach allen Regeln der Kunst die Pflanzen gesetzt hatten. Danach, so dachten sie, würde es genügen, die Erde immer gut feucht zu halten und alle vierzehn Tage zu düngen, aber als sich die ersten kleinen Früchte zeigten und entschieden werden mußte, welche hängen bleiben durften und welche entfernt werden mußten, damit die Zurückgebliebenen die ganze Kraft bekamen, fingen sie an zu streiten. Als sie sich nicht einigen konnten, losten sie schließlich die Pflanzen aus, so daß jeder seine eigene hatte, mit der er tun konnte, was ihm paßte. Nun hätten sie in Ruhe nebeneinander herhacken, düngen und gießen können, aber genau das Gegenteil war der Fall. Jeder schielte mißgünstig auf die Pflanze des anderen, freute sich, wenn sie gelbe Blätter bekam, ärgerte sich, wenn sie gedieh. Kam einer in die Nähe des Komposthaufens, rannten die beiden anderen sofort auch hin, aus Angst, ihre Ranke würde umgedreht oder angehoben werden und dadurch die kostbare, einzige, ausgewählte Frucht abfallen.

Der Präsident schnitt alle neuen Nebentriebe ab, die anderen taten das gleiche. Der Arzt hob einen halben Meter von seinem Kürbis entfernt eine Mulde aus, in die er vorsichtig seine Ranke legte, um sie mit guter Erde zu bedecken. Ohne den Sinn dieser Übung ganz zu begreifen, taten der Oberstudiendirektor und der Präsident es ihm nach. Der Oberstudiendirektor schob ein Brettchen unter seinen Kürbis, sie folgten. Sie sprachen nicht mehr miteinander, sie sahen sich kaum noch an, die Mittwochabende fielen aus.

Bei jeder Schwangeren, der er den Bauch abtastete, dachte der Arzt an die Fortschritte, die sein Kürbis machte, der Oberstudiendirektor, der in der Unterstufe Biologie gab, ließ die im Lehrplan vor-

gesehene Stunde über die Fortpflanzung der Erd-
kröten ausfallen und schob statt dessen eine Stunde
über gurkenartige Gewächse und deren Pflege ein,
der Präsident aber bekam einen Tobsuchtsanfall, als
seine Frau ihm zum drittenmal in einer Woche eis-
gekühlte Melone servierte. Das Kürbisfieber breitete sich allmählich über die ganze Stadt aus. Die
Kinder sangen schnellerfundene kleine Verse, in der
Schule, im Krankenhaus, in den Gängen des Landgerichts wurde getuschelt. Auf der Lokalseite der
Zeitung erschien ein Artikel, dessen Verfasser, der
sonst schon bei der Wahl seiner Worte nicht gerade
zurückhaltend war, sich diesmal noch übertraf und
wortgewaltig mit kaum verschleierten Anzüglich-
keiten das ganze moralische Gefüge der Stadt ins
Wanken geraten sah.

So machte sich die Frau des Arztes eines Abends,
ohne irgend jemandem etwas davon zu sagen, auf den
Weg, um der Dame, die alles ins Rollen gebracht
hatte, ins Gewissen zu reden. Regen fiel, ein leichter
feiner Landregen, der die Straßen zum Dampfen
brachte und die Leute in den Häusern hielt. Niemand
begegnete ihr, und als sie zu den Gärten kam, fing es
schon an zu dämmern. Vom Fluß her stieg Nebel auf,
der von dem Licht, das aus dem Fenster des Kiosks
fiel, magisch durchleuchtet wurde. Sie trat näher
und klopfte, ohne sich lang zu besinnen, gegen die

geschlossene Scheibe. Ida schob sie von innen zur Seite und beugte sich erstaunt hinaus, um besser zu erkennen, wer um diese Zeit und bei diesem Wetter etwas von ihr wollte, denn ihre Kunden klopften nicht so behutsam an. Die Frau des Arztes blickte in ihr großes, rundes, gutmütiges Gesicht und seufzte.

»Sind Sie«, fragte sie, »sind Sie die Frau mit den Kürbissen?« Ida nickte.

»Kann ich reinkommen und mit Ihnen reden?« Ida nickte wieder. Sie verschwand vom Fenster, kam durch die Laube und nahm sie mit in das Hinterzimmer des Kiosks, wo sie mit ihrer Mutter wohnte, kochte und schlief. Die alte Frau saß auf dem Bett, das tagsüber mit einer Decke abgedeckt war und als Couch diente. Ida scheuchte sie mit einer Handbewegung hoch. »Geh für eine halbe Stunde spazieren«, sagte sie.

»Aber es regnet, Ida.«

»Um so besser, dann stinkst du vielleicht nicht mehr, wenn du zurückkommst.« Die alte Frau zog entrüstet die Luft ein, warf einen bösen Blick auf die Besucherin, die schuld an ihrer Vertreibung war, und verzog sich. Ida lächelte grimmig und wartete eine halbe Minute. Dann drückte sie schnell und mit großer Kraft die Tür zur Laube auf. Die alte Frau stieß einen lauten Schmerzensschrei aus und humpelte jammernd davon.

»Jetzt«, sagte Ida, »können wir miteinander reden.«

Sie setzte sich aufs Bett und zeigte auf den Platz neben sich.

»Welcher ist Ihrer?« fragte sie, als die andere sich gesetzt hatte, »der Präsident?«

»Mein Mann ist Arzt.«

»Oho«, sagte Ida, »der also.« Sie rückte ein Stück von ihr ab, um sie besser betrachten zu können. »Der also«, wiederholte sie nachdenklich. Als wäre ihr plötzlich unbehaglich geworden, stand sie auf und lehnte sich an die gegenüberliegende Wand. »Nun reden Sie schon«, sagte sie, »was wollen Sie?«

Ihre plötzliche Schroffheit gab der Frau des Arztes Mut. »Ich wollte Sie bitten, sie in Ruhe zu lassen. Alle drei.«

Ida schnaubte. »Ich soll sie in Ruhe lassen? Sie sind gut. Glauben Sie, ich hab's nötig hinter einem Mann herzusein? *Sie* lassen mich nicht in Ruhe – *so* ist das.«

»Das ist nicht wahr.«

»O doch, es ist wahr. Wenn Sie noch die Frau des Präsidenten wären, würde ich sagen, es ist nicht so schlimm. Aber der Lehrer und vor allem der Ihre, meine Dame, die beiden würden mich vergewaltigen, wenn der eine nicht solche Angst hätte und der andere nicht genau wüßte, daß ich stärker bin als er.«

»Vergewaltigen!« rief die Frau des Arztes, und sie stieß das Wort so hoch und schrill heraus, daß es in ihren eigenen Ohren schmerzte. »Sie sind verrückt?«

»Nein.«

Sie schwiegen beide. Ida betrachtete ihre Fingernägel, hauchte sie an und rieb sie an ihrem Kleid.

»Was werden Sie tun?« fragte die Frau des Arztes schließlich mit leiser Stimme.

»Ich?« Ida hörte auf ihre Nägel zu polieren und blickte hoch. »Nun«, sagte sie gedehnt, »dem einen werd' ich wohl bald mal die Freude machen.«

»Welchem?«

»Nicht Ihrem Mann. Der hat weiß Gott nur eine Chance.«

»Mit dem Kürbis?«

»Genau.«

»Dann weiß ich, was ich zu tun habe.« Sie stand auf und merkte, daß ihre Knie zitterten.

Durch die dunkle Laube kam sie hinaus auf den Weg und sah sich um. In manchen der kleinen Häuser in den Gärten brannte Licht, es war das warme gelbliche Licht von Petroleumlampen, denn die Stadt dachte nicht daran, diesen ihren unerwünschten Bürgern auch noch Strom zu liefern. Es war noch nicht ganz dunkel, wenn sie sich beeilte, konnte sie ausführen, was sie sich vorgenommen hatte. Sie fühlte in ihre Manteltasche und strich mit dem Zeigefinger vorsichtig die kühle Schneide des Messers entlang. Es war das erstemal, daß sie etwas tat, was gegen den Willen ihres Mannes war, aber sie mußte es tun. Er war nicht mehr er selbst. Der Garten der drei lag als letzter unten am Fluß, hatte die Frau des Präsidenten ihr gesagt. Sie stellte den Mantelkragen hoch, und während der Regen feine Tropfen über ihr Haar sprühte, schlug sie eine schnellere Gangart an, um bald ans Ziel zu kommen.

Der Zaun um den Garten war immer noch an vielen Stellen niedergetreten, das Unkraut wucherte so hoch wie eh und je, nur um den Komposthaufen, der feierlich mitten im Garten thronte, war gerodet worden, so daß sie ihn gleich erkannte. Sie stieg über den Zaun und watete durch das nasse Gras und die Brennesseln zu ihm hin. Die Ranken krochen über den ganzen Hügel und bedeckten ihn fast, und zwischen ihnen, gelblich leuchtend und schon mächtig groß, schimmerten die drei Kürbisse. Sie versank tief in der weichen Erde, als sie näher trat, aber das machte ihr nichts aus. Die Dunkelheit und die Nässe und das Gefühl, das ihr der glatte Griff des Messers in der Hand vermittelte, versetzten sie in einen merkwürdig taumelnden Zustand, als habe sie getrunken, und als sie sich jetzt vorbeugte und über den Boden tastete, an den Ranken zog, um auch die richtige zu finden, waren diese Kürbisse für sie jetzt fast so etwas wie lebende Wesen, Gnome oder kleine Kobolde, denen sie die Nabelschnur durchschneiden würde, aber nicht, um sie dem Leben zu übergeben, sondern um sie zu töten. Ein leiser Zischlaut ließ sie innehalten, und dann hörte sie dumpfe tappende Schritte, die vom Wasser herkamen. Sie blickte hoch und stieß einen Schrei aus. Eine riesig aus dem Nebel wachsende, von Nässe triefende Gestalt stand auf dem Hügel und streckte die Arme nach ihr aus. Immer noch schreiend warf sie das Messer weg und rannte durch das Unkraut auf den Zaun zu. Einmal verfing sie sich in einer Brombeerranke und stürzte, aber der Gedanke, daß es vielleicht schon die Hand dieses Ungeheuers war, das sie hielt, verlieh ihr neue Kräfte, sie raffte sich auf und rannte weiter. Sie rannte den Weg an den Gärten entlang, am Kiosk vorbei, unter der Unterführung durch, in der ihre Schritte von den Wänden widerhallten und wo es so dunkel war, daß sie nichts als den hellen Fleck der gegenüberliegenden Öffnung erkennen konnte.

Erst auf der Straße, die draußen an den anderen Schrebergärten vorbei zur Brücke führte, blieb sie stehen. Sie hielt sich an einem Lichtmast fest und blickte zurück. Niemand war auf dem Weg hinter ihr zu sehen. Auf dem Bahndamm kam ratternd ein Zug näher und streute aus seinen beleuchteten Fenstern sekundenlang Lichtstreifen über schnurgerade ausgerichtete Zäune, abgezirkelte Beete und sauber gestrichene Gartenhäuser. Sie atmete noch ein paarmal tief durch, dann ging sie langsam nach Hause.

7

Es war ungeschriebenes Gesetz zwischen ihnen, daß sie nur an den Samstagen in den Garten gingen. Auch als die großen Ferien begannen und der Oberstudiendirektor bald nicht mehr wußte, was er mit seiner vielen freien Zeit anfangen sollte, denn er hatte wie die beiden anderen seine diesjährige Urlaubsreise gestrichen, wagte er sich doch unter der Woche nicht einmal in die Nähe.

Die Kürbisse reiften nun fast ohne ihr Zutun langsam und stetig vor sich hin. Das Gartenhaus, so liebevoll und mit großer Mühe eingerichtet, stand meistens leer, denn da sie kaum noch miteinander sprachen, erdrückte sie die Stille in dem kleinen Raum, wenn sie sich wortlos gegenübersaßen. So schlenderten sie also an den Samstagnachmittagen im Garten umher, rissen etwas Unkraut heraus, versuchten den Zaun aufzurichten, suchten die ersten abgefallenen Äpfel und Birnen der beiden großen Obstbäume, die hinter dem Gartenhaus standen, im hohen

Gras zusammen. Aber alles geschah lustlos und ohne wirkliches Interesse. Im Grunde schlugen sie nur die Zeit tot, bis sie zu Ida gehen konnten. Vor Einbruch der Dunkelheit wollte sie sie nicht bei sich haben, als wüßte sie, daß das gelbe Licht der Lampe in der dufterfüllten und von Käfern umschwirrten Laube sie erst schön machte, ihrer Haut den warmen Goldton gab, als wäre sie selbst eine große, reife Frucht, in die man nur hineinzubeißen brauchte, um die ganze Süße des Sommers zu spüren. Dachten sie an Ida, wenn sie auf ihre Kürbisse sahen, die goldene Haut der Früchte streichelten, ihr Gesicht an die glatte Oberfläche legten?

Begann es zu dämmern, ergriff sie Unruhe. Der Oberstudiendirektor machte seinen Kamm in der Regentonne naß und striegelte sein spärliches Haar, der Präsident schabte die Erde von seinen Schuhen, der Arzt, blaß und mit zusammengepreßten Lippen, lief ungeduldig hin und her, als könne er damit die Dunkelheit schneller aus dem Boden stampfen.

Waren sie aber erst einmal dort, eingetaucht in den Dunstkreis der Lampe, auf den harten Bänken am Holztisch sitzend, wurden sie ruhig. Manchmal, in diesen ersten Minuten, dachte der Arzt, es genüge ihm schon, wie es dem Präsidenten genügte, in ihrer Nähe zu sein, die gleiche Luft wie sie zu atmen, aber wenn er sie dann sah, sich die Tür öffnete und Ida zu ihnen trat, träge, mit weichen Bewegungen, als glitte sie durch Wasser, spürte er wieder diese vorher nie gekannte Gier nach einer Frau, die ihn das erstemal so erschreckt hatte und die ihm auch jetzt noch jedesmal, wenn er sie wiedersah, das Blut in den Kopf trieb, daß es in seinen Ohren dröhnte.

Es waren ein paar Wochen vergangen, daß die Frau des Arztes versucht hatte, dem ganzen Spuk ein Ende zu bereiten, als der Briefträger an einem ihrer Samstagabende das Messer aus der Tasche zog und vor dem Arzt auf den Tisch legte. »Ist doch sicher eines von den Ihren«, sagte er.

Der Arzt nahm es in die Hand und wog es leicht. »Kann schon sein«, sagte er, »wie kommen Sie daran?«

»Ihre Frau hat es verloren, als sie die Kürbisranken durchschneiden wollte.«

Der Oberstudiendirektor und der Präsident zuckten erschrocken zusammen. Der Arzt rührte sich nicht. Deshalb war sie also so verändert, ging ihm aus dem Weg, sah ihn manchmal nur ratlos an, als habe sie plötzlich entdeckt, daß sie mit einem Fremden verheiratet war. Und hatte auch nicht er jetzt manchmal das Gefühl, sich selbst nicht mehr zu kennen? War er schizophren?

»Damit haben Sie meine Frage immer noch nicht

beantwortet«, sagte er kühl, »ich wollte wissen, wie Sie an das Messer gekommen sind.«

»Nun«, sagte der Briefträger und wand sich ein bißchen, »ich hab's eben dort gefunden.«

»Zwischen unseren Kürbissen?«

»Ja.«

»Und warum waren sie nicht abgeschnitten?«

»Weil ich's rechtzeitig verhindert habe.«

»Nun sag's ihm schon«, drängte Karfunkel senior, »sag's ihm, daß wir unter der Woche ein bißchen Wache schieben an ihren Kürbissen. Wer grade Zeit hat, hat ein Auge drauf.«

»Ein Auge drauf«, murrte der Briefträger, »drei Stunden hab ich im Regen gestanden.«

»Wozu die Ehre«, fragte der Arzt.

»Wir wollen nicht, daß was dran passiert. Wo Sie sich doch alle drei solche Mühe gegeben haben«, grinste Karfunkel hinterhältig. »Ich sagte, wenn Sie mitmachen, gehören Sie zu uns, und weil Sie die Woche über nicht da sind, passen wir für Sie auf.«

»Tausend Dank«, sagte der Arzt. Es sollte sarkastisch klingen, aber an Karfunkel glitt das ab. »Bitte, bitte«, sagte er großmütig.

Der Präsident nahm das Messer und drehte es im Licht. »Ein Stilett«, sagte er, »und das, um ein paar Kürbisranken durchzuschneiden. Sieht eher so aus, als hätte sie jemanden damit umbringen wollen.

Ich wußte gar nicht, daß deine Frau so eifersüchtig ist.«

»Sie hat ja auch allen Grund dazu«, sagte der Arzt. Ida hatte sich ihnen gegenübergesetzt und, die Hände um ihr Bierglas gelegt, unbeteiligt zugehört. Jetzt aber hob sie den Kopf und sah auf den Präsidenten. »Was ist mit Ihrer Frau«, sagte sie, »sie hat wohl keinen Grund?«

»Nicht daß ich wüßte«, antwortete er und blickte sie ängstlich an.

»Ich weiß aber«, sagte sie. Aus dem Ausschnitt ihres Kleides zog sie ein klein zusammengelegtes Papier und faltete es auseinander.

»Nicht«, flehte er, »bitte nicht.«

»Die Morgenröte«, las sie,
»meine Teure, bist du nicht
und auch des Abends Rot ist röter als
dein Haar.«

Lachend warf sie den Kopf zurück und fuhr sich mit den Fingern durch die Haare: »Da kann ich nur sagen, Gott sei Dank.

Doch lieb ich, lieb ich, lieb ich immer dich,
weil niemals noch mein Herz je jünger war.

Je jünger«, wiederholte sie, und Karfunkel, der gerade getrunken hatte, erstickte fast an seinem Bier.

Der Präsident wollte aufstehen, aber der Arzt hielt ihn mit einem wütenden Griff fest und drückte ihn nieder. Ida fuhr fort:

»Der Sternenhimmel,
Liebste, bist du nicht,
doch wie der Erde Duft so wunderbar.
Drum lieb ich, lieb ich, lieb ich dich,
weil niemals auch mein Herz je jünger war.«

Ihr Vortrag war ein voller Erfolg, sogar der Oberstudiendirektor stimmte in das allgemeine Gelächter
ein, und so konnten zuerst nur der erstarrte Präsident
und Ida verstehen, was der Arzt sagte. »Du ver-
dammter Idiot«, sagte er und schüttelte ihn am Arm,
den er immer noch gepackt hielt, »geh meinetwegen
mit ihr ins Bett, aber gib ihr doch nichts Schriftliches
in die Hand. Sie braucht damit nur zur Zeitung zu
gehen, und du bist für alle Zeiten erledigt. Und wir
mit dir.« Er verbarg das Gesicht zwischen den Händen und stöhnte. »Wenn ich nur an deine Frau denke.
So was Grauenhaftes hab ich ja nicht mal als Pennäler
geschrieben.«

Der Präsident zuckte hilflos mit den Schultern.
»Zu spät«, sagte er.

»Wozu ist es zu spät?« fragte Ida.

»Es zurückzunehmen.« Er straffte sich. »Außerdem möchte ich es gar nicht zurücknehmen. Es sind
meine Gefühle, und dazu stehe ich.«

»Tapfer, tapfer«, meinte sie. Sie hielt dem Arzt das
Papier vor die Nase und wedelte damit hin und her.

58

»Nehmen Sie's doch«, sagte sie, »schützen Sie Ihre Stadt, erhalten Sie ihr ihre gute Meinung von ihren guten Bürgern.«

Er schüttelte den Kopf. »Ich weiß ja nicht, wieviel er noch geschrieben hat.«

»Nur dieses eine.« Sie riß das Papier langsam in Fetzen und streute sie über den Tisch. »Und ich glaube nicht«, sie sah dem Arzt direkt in die Augen, und einen Moment glaubte er, sie würde zu weinen beginnen, »ich glaube nicht«, fuhr sie fort, »daß ich noch einmal in meinem Leben von irgend jemandem ein Gedicht bekommen werde.«

8

Der Oberstudiendirektor war sich nicht sicher, ob er sich freuen oder mehr erschrocken sein sollte, als Ida ihm eines Abends unmißverständlich zu verstehen gab, daß er könne – wenn er nur wollte. Es war an einem Abend im September, nur wenige Wochen vor dem Tag der großen Kürbisschau, daß sie ihn am Arm zurückhielt, als sie weit nach Mitternacht die Laube verließen.

»Wo bleibst du?« rief der Arzt, schon draußen auf dem Weg.

»Ich komme«, antwortete er, »ich komme gleich.«
Er spürte Idas Haar an seinem Mund, als sie sich
an ihn lehnte und an seinem Rockaufschlag zupfte.
So nah bei ihr, war er wie betäubt, atmete den Geruch ihres Körpers und ihrer Haare ein und nickte
nur zu allem, was sie sagte. Nur als sie davon sprach,
zu ihm in seine Wohnung zu kommen, flackerte ein
letzter Rest Vernunft in ihm auf, der ihm sagte, daß
das zu einer Katastrophe führen mußte. Es war nicht
nur die Angst, daß seine Vermieterin Ida sehen und
sich ihr Teil denken würde, die ihm zu schaffen
machte, er war sich auch ziemlich sicher, daß allein
die Anwesenheit dieser Frau, war auch eine noch so
fest verschlossene Tür zwischen ihnen, ihn impotent
machen würde. Nein, wenn er schon entjungfert
werden sollte, dann irgendwo, wo niemand sie stören
würde, und so bestellte er sie, vor Aufregung stot-
ternd und in aller Hast – denn der Arzt rief schon
zum zweitenmal –, in das so liebevoll von ihm ins Leben gerufene und jetzt so vernachlässigte Heimatmuseum. Ob sie wisse, wo es sei? Ja, sie wußte es.
Sie legte ihm die Arme um den Hals und küßte ihn,
es war das erstemal, daß eine Frau ihn küßte, und er
vergaß sogar darüber, daß der Arzt und der Präsident
sie beide im Schein der Petroleumlampe sehen konnten.

Sie sagten beide nichts, als er zu ihnen stieß, aber

das fiel nicht weiter auf, denn sie waren es jetzt gewohnt, nach ihren Zusammenkünften schweigend nebeneinander in die Stadt zurückzugehen, und es war klar, daß ihre Freundschaft, falls es jemals wieder eine werden sollte, sich frühestens nach dem ersehnten, aber auch gefürchteten, Stichtag erholen würde. Vor der Haustür des Oberstudiendirektors, dessen Wohnung sie als erste erreichten, blieben sie stehen, aber anstatt ihm wie sonst nur kurz die Hand zu geben, sagte der Arzt: »Es geht mich ja nichts an. Aber falls sie dich zu sich in den Kiosk bestellt hat, paß auf.«

»Du meinst«, fragte der Oberstudiendirektor, und er war froh, daß es dunkel war und die anderen sein rotes Gesicht nicht sahen, »ich soll aufpassen, daß sie kein Kind bekommt?«

Der Arzt legte, wie damals, als Ida das Gedicht des Präsidenten vorgelesen hatte, beide Hände über das Gesicht und stöhnte leise. »Was seid ihr doch für Kinder«, sagte er, »nein, ich habe Angst, daß dir etwas zustößt.«

»Mir?« fragte der Oberstudiendirektor ängstlich, »ist es so anstrengend? Mein Herz ist in Ordnung, falls du daran denkst. Willst du mir den Spaß verderben, oder was ist los?«

»Nichts ist los«, antwortete er müde, »gute Nacht.«

»Gute Nacht«, sagte auch der Präsident und gab dem Oberstudiendirektor die Hand.

»Gute Nacht«, erwiderte er und blickte ihnen ratlos nach, wie sie langsam die Straße hinunter und über den Marktplatz auf das Haus des Präsidenten zugingen.

»Was meintest du damit?« fragte der Präsident, »was kann ihm denn schon passieren – außer daß nichts passiert?«

»Ich habe mir die Zeitungen der letzten fünf Jahre angesehen.«

»Um Himmels willen, wozu? Alle Zeitungen, von jedem Tag?«

»Nein, nur die Zeitungen vom Oktober.«

»Und?«

Er blieb stehen und bückte sich zu einer Katze, die ihnen schon eine ganze Weile gefolgt war und sich an seinem Hosenbein rieb.

»Oktober vor fünf Jahren«, sagte er, hob die Katze hoch und hielt sie an sein Gesicht, »war nichts. Ebenso der Oktober danach. Im Oktober vor drei Jahren verschwand auf rätselhafte Weise ein junger Mann, der in den Schrebergärten am Fluß einen Unterschlupf gefunden hatte. Er war Schaustellergehilfe, und seine Freundin hatte ihn als vermißt gemeldet – und das wahrscheinlich auch nur, weil sie ein Kind von ihm erwartete.«

»Lebte sie auch dort?«

»Nein. Sie war mit ihrem Vater, der ein Kettenkarussell betreibt, meistens unterwegs, aber sie gab an, daß er in einem dieser kleinen Häuser in den Gärten sozusagen seinen festen Wohnsitz hatte.«

»Ich glaube, jetzt erinnere ich mich«, sagte der Präsident, »der Oberstaatsanwalt sprach einmal mit mir darüber.«

»Viel Aufhebens machte die Sache nicht«, sagte der Arzt. »Ein paar Nachforschungen – Schluß. Man nahm an, daß er das Weite gesucht hatte, um nicht für das Kind zahlen zu müssen.«

»Gut. Und was weiter?«

»Das Jahr darauf verunglückte Karfunkelchens Bruder.«

»Er hatte einen Bruder?«

»Ja, sie waren Zwillinge. Karfunkelchen war Nummer zwei. Wenn seine Mutter damals bei mir entbunden hätte, wäre er heute wahrscheinlich gesund. Aber damals war ich noch nicht an diesem Krankenhaus.«

»Wenn sie überhaupt im Krankenhaus war. Sein Bruder war normal?«

»Ja. Er kam nur unglücklicherweise im Oktober vorletzten Jahres unter einen Zug, als er nachts betrunken auf dem Bahndamm lag.«

»Auf den Gleisen?«

»Natürlich.«

»Auch daran«, sagte der Präsident nachdenklich, »erinnere ich mich jetzt. Man hat ihn obduziert und nichts gefunden. Jedenfalls nichts, was darauf schließen ließ, daß es kein Unfall war.«

»Warum sollte man auch etwas finden. Wenn man kräftig genug ist, zieht man einen Betrunkenen die Böschung hoch, legt ihn auf die Schienen und geht weiter. Alles andere erledigt der Zug.«

»Du meinst?«

»Ich meine.«

»Und der vom letzten Jahr?«

»Ist ertrunken.«

»Was«, sagte der Präsident, »sollen wir tun?« Seit vielen Wochen hatten sie nicht mehr so vertraut miteinander geredet.

Der Arzt lächelte und setzte die protestierende Katze zurück auf den Boden. »Wir warten ab«, sagte er.

»Aber was ist mit ihm?« Der Präsident deutete auf die Straße, aus der sie gekommen waren und in der sich die Wohnung des Oberstudiendirektors befand. »Er ist doch wirklich in Gefahr, wenn das alles im Zusammenhang mit Ida geschehen ist.«

»Er ist nur in Gefahr, glaube ich, wenn er zu ihr in die Gärten geht. Trifft er sie irgendwo in der Stadt, geschieht ihm nichts.«

»Woher willst du das wissen?«

»Weil Ida sich schon mit so manchem in der Stadt
getroffen hat. Ich habe mich erkundigt.«

»Wo erfährt man sowas?«

»Auf dem Gesundheitsamt.« Er gab der Katze, die
sich an sein Hosenbein gekrallt hatte, einen behut-
samen Stoß mit dem Fuß, damit sie ihn in Ruhe ließ.

»Du meinst, sie ist eine...«

»Ja. Sie ist registriert.«

»Aber dann könnte doch jeder mit ihr. Auch die
da draußen. Also das...« Er war entsetzt.

»Weißt du«, sagte der Arzt, »das siehst du völlig
falsch. Sie ist eine Hure, ja, manchmal abends in der
Stadt. Sie geht mit einem Mann auf sein Zimmer,
oder sie tun's im Auto, oder, wenn es warm genug
ist, im Park. Was weiß ich. Aber da draußen in den
Gärten ist sie die Königin. Die dort draußen sind alle
solche, die am Rande leben, für die ist eine Hure jemand, der wie sie seinem mehr oder weniger drecki-
gem Job nachgeht. Keiner von ihnen würde daran
denken, ihr Geld anzubieten, um mit ihr zu schlafen.
Sowenig wie Karfunkel mit einem dort eines seiner
seltsamen Geschäfte abwickeln oder wie der fliegende Händler ihnen seine billigen Krawatten anbie-
ten würde. Sie verriegeln voreinander die Türen, aber
sie haben einen bestimmten Ehrenkodex, verstehst
du?«

»Nicht ganz.«

»Nun, das ist ja auch nicht weiter wichtig. Eines jedenfalls scheint sicher: Einer von ihnen, und es sind genug, wenn wir daran denken, daß wir viele von ihnen noch nie gesehen haben, weil sie uns aus dem Weg gehen, einer also kann es nicht verkraften, daß die Königin einem anderen gehört – mag die Hure gehören, wem sie will.«

Der Präsident schüttelte ratlos den Kopf. »Aber was ist mit uns? Warum wollten sie, daß wir mitmachen?«

»Sie sind nicht dumm, sie haben natürlich auch gemerkt, daß etwas nicht stimmt. Spätestens nach dem dritten, nun, nennen wir es Unfall. Ich glaube, sie dachten, wenn wir mitmachen, riskiert er nichts.«

»Wenn es aber ein Verrückter ist?«

»Dann«, sagte der Arzt, »sind wir ebenso in Gefahr wie sie. Aber wir haben ja immer noch eine Möglichkeit.«

»Natürlich«, sagte der Präsident, »wer den Stein findet, wirft ihn weg, so weit es nur geht.«

»Aber das«, sagte der Arzt, »ist schwer.«

9

Er kaufte Gebäck und einen süßen Likör, von dem
er annahm, daß er Frauen schmeckte. Er duschte sich
jeden Morgen eiskalt ab und ging stundenlang im
Wald spazieren, zwischendurch, wenn weit und breit
niemand zu sehen war, in Trab verfallend, um seinen
Kreislauf anzuregen und die Muskeln zu stärken.
Aber als der Tag, an dessen Abend Ida zu ihm kommen wollte, schließlich anbrach, fühlte sich der Oberstudiendirektor so schwach und müde, daß er am
liebsten gar nicht aufgestanden wäre. Die Anspannung der letzten Tage war zuviel für ihn gewesen,
und seine Vermieterin, die ihm das Frühstück brachte, machte ihn mit der Bemerkung, daß er wie eine
Leiche aussehe, auch nicht gerade glücklicher. So
nahm er ihr mürrisch den Tee ab, trank ihn, drehte
sich zur Wand und beschloß, bis zum Abend im Bett
zu bleiben. Er versprach sich viel davon, wenn Ida
erst einmal bei ihm sein würde. Sah er sie, spürte er
ihre Nähe, hörte er auf zu denken, und das war in der
Situation, die ihn heute Abend erwartete, sicher nur
von Vorteil.

Am späten Nachmittag stand er doch auf, wusch
sich und zog sich sorgfältig an. Vor dem Spiegel pro-
bierte er, ohne von dem Ergebnis überzeugt zu sein,
ob ihm der Scheitel auf der anderen Seite besser

stehen würde. Als er die Hand hob, um das Haar wieder in seine ursprüngliche Form zurückzubringen, merkte er, daß sie zitterte. Er warf den Kamm auf die Kommode, schlüpfte in seine Jacke und verließ die Wohnung.

Er machte einen Umweg, lief durch wenig begangene Gassen am Fluß entlang, näherte sich dem Museum von der Rückseite. Dort war eine Kellertür, zu der er natürlich – er wühlte verzweifelt in seinen Taschen – den Schlüssel vergessen hatte. So blieb ihm, wenn er nicht noch einmal nach Hause wollte, und davor graute ihm, nichts anderes übrig, als den Weg wieder zurückzugehen und in die richtige Straße einzubiegen.

Natürlich hatten die Angestellten des Katasteramtes noch nicht Schluß gemacht, und da es ein schöner, warmer Tag war, hatten sie alle Fenster offen. Unter ihren neugierigen Blicken schloß er die Tür auf und flehte zu Gott, daß Ida erst nach Einbruch der Dunkelheit kommen möge, wenn die Straße verlassen war. Da er schon lange nicht mehr dagewesen war und auch die wöchentlichen Führungen hatte ausfallen lassen, unter dem Vorwand, es müsse so einiges repariert und umgestellt werden, in Wirklichkeit hatte er es aber satt gehabt, den neugierig überall ihre Nase hineinsteckenden Touristen den Ort zu zeigen, wo er und seine Freunde sich so wohl gefühlt hatten, bevor die Kürbisse den Samen der Zwietracht zwischen sie gesät hatten, roch es muffig und nach Staub, und er öffnete das Fenster, das zur Straße ging.

Direkt gegenüber winkte ihm aus dem Katasteramt jemand zu und rief seinen Namen. Erschrocken fuhr er zuerst zurück, nahm sich aber dann zusammen und lehnte sich hinaus, um den Rufer besser zu verstehen.

»Ich habe Ihre Blumen gegossen«, rief der Mann, der ihn anscheinend nicht hatte kommen sehen und von den anderen auf seine Anwesenheit aufmerksam gemacht worden war, »sie wären sonst vertrocknet.«

Die Blumen waren ihm noch gar nicht aufgefallen. Dunkelrot leuchtend hingen sie weit über den Holzkasten hinaus die Hauswand hinunter.

»Danke«, rief er zurück. Er mußte dem Mann in den nächsten Tagen etwas hinüberbringen, Zigaretten, wenn er rauchte, oder eine Flasche Wein. In den nächsten Tagen – das war Lichtjahre entfernt. Er legte die Hände zusammen, schüttelte sie in einer Geste, die Dankbarkeit ausdrücken sollte, über seinem Kopf und entfernte sich dabei langsam vom Fenster in den Hintergrund des Zimmers, bis er mit dem Rücken gegen den Kachelofen stieß. Erst jetzt fiel ihm ein, daß er nicht nur den Schlüssel zur Kellertür, sondern auch das Gebäck und den Likör vergessen hatte. Er seufzte und stieg in den Keller hinunter, um nachzusehen, ob bei den Flaschen, die er und seine Freunde dort unten gelagert hatten, etwas, was Ida schmecken würde, dabei war. Er blieb lange unten, beim Anblick der Etiketten auf den Flaschen in Erinnerung an die Abende versunken, die sich vielleicht nie mehr wiederholen ließen. Mit einem Südwein, den der Präsident einmal von einem Griechenlandurlaub mitgebracht hatte, stieg er schließlich wieder nach oben. Er stellte die Flasche auf den Tisch vor dem Kachelofen, nahm zwei Gläser aus einem Schrank, spülte sie in der Küche über dem alten, steinernen Spülstein und rieb sie sehr lange trocken. Schweißtropfen standen auf seiner Stirn – er wischte sie gleich mit ab. Auch das war also erledigt, nun blieb ihm nichts anderes mehr übrig, er mußte nach oben, um zu sehen, ob das Bett in Ordnung war. Langsam stieg er die schmale Treppe hinauf, vorbei am ehemaligen Kinderzimmer, in dem er von ihm zusammengetragenes altes Spielzeug aufgestellt hatte, das einzige, was er beisteuern mußte, denn um Spielsachen zu kaufen, waren die Bewohner des Hauses zu arm gewesen. So gab es nun Hampelmänner, Puppen, ein Schaukelpferd und Marionetten, wo früher gerade Platz für drei kleine Betten gewesen war.

Die Schlafkammer der Eltern oben war genauso klein. Er blieb unter der Tür stehen und machte

Licht. Die Ehebetten, nebeneinandergestellt, mit hohem Holzrückteil, füllten fast das ganze Zimmer. Der Boden neigte sich leicht von der Tür her zur hinteren Wand, so daß zu befürchten war, daß die Betten, setzte man sie zu heftiger Bewegung aus, nach hinten rutschen und durch die dünnen Lehmwände in die Tiefe stürzen würden. Gebückt, um nicht mit dem Kopf an die Decke zu stoßen, starrte er auf sie hinunter, auf die groben, blau-weiß-karierten Leinenbezüge und die von ihm so liebevoll ans Kopfende drapierten Zierkissen, die sicher einmal ein Geschenk gewesen waren und so gar nicht zu den Bezügen passen wollten. Hundertmal hatte er Besucher hier heraufgeführt und ihnen alles gezeigt, aber zum erstenmal schien er den Raum richtig zu sehen. Er dünstete einen so ehrbaren und kleinbürgerlichen Mief aus, daß er zu ersticken glaubte. »Eher noch«, sagte er, und hustete, um seine belegte Stimme freizubekommen, »eher noch schaff ich's auf der Spitze einer Tanne als in diesem Bett. Aber das beste wird sein«, er schnalzte mit den Fingern und spürte, wie die erste kleine Welle von Erleichterung durch seinen Körper lief, »das beste wird sein«, und jetzt sang er fast, »ich laß es ganz bleiben.« Ein ungeheures Glücksgefühl erfaßte ihn, den Rücken nach vorn gebeugt, mit schlenkernden Armen, begann er zu tanzen, schwenkte die Hüften und rollte die Schultern, verfiel in immer ekstatischere Verrenkungen und stampfte schließlich mit den Füßen den Boden.

»Na«, sagte Ida, die durch den Lärm, den er machte, ungehört unten herein und die Treppe heraufgekommen war, »wie ich sehe, können Sie's kaum noch erwarten.«

Er fiel in sich zusammen, setzte sich auf die Bettkante, mit gesenktem Kopf, die Hände zwischen die Knie gepreßt. »Gut«, sagte sie, »fangen wir an.« Langsam begann sie ihre Bluse aufzuknöpfen. Er hob den Kopf und sah ihr mit schreckgeweiteten Augen zu. »Nein«, sagte er, »nein.« Er sprang auf, zwängte sich an ihr vorbei und polterte, bei jedem Schritt ein paar Stufen auf einmal nehmend, die Treppen hinunter. Auf der Straße zwang er sich zum Stehenbleiben und blickte sich um. Gott sei Dank, das Katasteramt schien verlassen. Nirgendwo sonst brannte Licht, einzig beleuchtet war nur das Zimmer, das er gerade so fluchtartig verlassen hatte, und jetzt sah er Ida ans Fenster treten, vor dem hellen Hintergrund zeichneten sich die phantastischen Umrisse ihrer Brüste ab. Aber ihn machte sie nicht mehr verrückt. Mochten die beiden anderen sich weiter um sie bemühen, ihn würde sie nicht mehr wiedersehen. Wie ein endlich Befreiter holte er tief Luft und ging mit langsamen weitausholenden Schritten die Straße hinunter.

Sanft und golden war der Oktober herangekommen. Überall blühten die Astern, noch feucht vom Morgennebel, wenn die Sonne sie traf. Die Nachmittage waren lang und still. Der Arzt ging jeden Tag, wenn er im Krankenhaus fertig war, den Weg durch die Stadt am Fluß entlang zu dem Garten, der nun ihm allein gehörte. Der Oberstudiendirektor kam nicht mehr, und auch der Präsident hatte sich ganz überraschend entschlossen, mit seiner Frau doch noch ein paar Wochen wegzufahren.

Er ging langsam, fast wie im Traum, und wenn jemand ihn grüßte, grüßte er zurück, mit abwesendem Blick, ohne jemanden zu erkennen. Es war wie ein langes Abschiednehmen, diese Spaziergänge in der Herbstsonne, die die alten Leute noch einmal vor die Häuser gelockt hatte, wo sie auf ihren Stühlen saßen und den Kindern zusahen, die Kastanien aus den Bäumen am Flußufer schlugen. Manchmal ging er auch auf die Brücke und blieb dort stehen. Blickte er stromaufwärts, sah er die Dächer und Kirchtürme so klar und deutlich, als wären sie mit einem Silbergriffel auf blaues Papier gezeichnet, stromabwärts verlor sich der Fluß in zahlreichen Windungen zwischen Hügeln und Wäldern.

Es waren nur noch wenige Tage bis zu dem von

Ida festgesetzten Termin. Beiläufig hatte sie es noch einmal erwähnt, an einem der letzten Samstagabende, als seine beiden Freunde schon nicht mehr dabeigewesen waren, und obwohl er so lange und mit solcher Hartnäckigkeit auf diesen Tag gewartet hatte, fühlte er jetzt, als er immer näher heranrückte, eine nur schwer zu erklärende Traurigkeit.

Als er am Nachmittag des bestimmten Tages in den Garten ging, um den Kürbis abzuschneiden, tat er dies nicht mit der großen Erwartung und in der Anspannung, die ihn monatelang gequält hatte, sondern eher wie etwas Nebensächliches, das jetzt keine Rolle mehr spielte. Und als er mit seinem Kürbis, der so groß und so schwer war, daß er ihm die Arme bog, den Weg zur Laube ging, konnte er schon unterwegs feststellen, daß seine Mühe und die seiner Freunde tatsächlich überflüssig gewesen war. Nicht, daß sonst niemand einen Kürbis gebracht hätte, im Gegenteil, er sah Männer, die er vorher noch nie zu Gesicht bekommen hatte, aber was sie in ihren Händen trugen oder in der Laube bereits auf den langen Holztisch gelegt hatten, war das Erbärmlichste an Kürbissen, was er sich nur vorstellen konnte. Es waren faule, geschrumpfte, fleckige und vor allem kleine Früchte – als wäre es gerade darum gegangen, den kleinsten Kürbis zu züchten.

Die schon dagewesen waren und die mit und nach ihm kamen, blieben alle in einem Halbkreis um die Laube stehen und warteten, bis er wieder herauskam. Er ließ sich Zeit, begutachtete die Früchte der anderen, hob sie hoch und wog sie in der Hand. Sie waren noch schlauer gewesen, als er dachte.

Er trat wieder hinaus, blieb stehen und sah sie der Reihe nach an. Einer von ihnen war ein Mörder, aber keiner von ihnen würde dieses Jahr das Opfer sein. Einige wichen seinem Blick aus und wandten sich ab. Andere grinsten frech, und er konnte sich genau vorstellen, woran sie dachten. Sicher, sie hatten für dieses eine Mal ihre Chance vergeben, aber wenn ihm etwas passierte, würde die Polizei so lange Nachforschungen anstellen, bis das schwarze Schaf aus ihren Reihen gepickt war – das würde Unannehmlichkeiten für sie mitbringen, aber danach hatten sie für alle Zeiten Ruhe.

Niemand sprach. Sie hörten, wie die Tür des Kiosks sich öffnete und Ida in die Laube trat. Unsichtbar für sie ging sie zum Tisch, den roten Stein und eine lange Nadel in der Hand. Wie war das sonst gewesen, in den vergangenen Jahren? Waren die Männer auch so stumm herumgestanden? Waren sie aufeinander losgegangen, weil die Spannung unerträglich wurde? Hatten sie sich belauert? Einander mißtraut? Entgegen allen Spielregeln drehte er sich um und ging in die Laube.

»Wozu das Theater, Ida«, sagte er. Sie stand über seinen Kürbis gebeugt, die Nadel in der Hand. Er schob sie zur Seite. Die Männer waren nachgedrängt und standen im Halbkreis hinter ihnen. Aus seiner Tasche holte er ein Messer, prüfte wie abwesend mit dem Daumen seine Schärfe und begann den Kürbis zu zerschneiden.

Er machte es sehr geschickt, aber als er merkte, daß er die Schnitte genau wie bei manchen seiner Operationen ansetzte, legte er das Messer zur Seite und nahm nur noch die Hände zur Hilfe. In der Mitte der Frucht, zwischen den Kernen fand er den kleinen roten Stein. Er war nicht größer als ein Kiesel, glatt und feucht, und er umschloß ihn mit den Fingern und drückte ihn, daß seine Knöchel weiß wurden. »Welche Überraschung«, sagte er, »der Glückliche bin ich.«

Er wandte sich an die Umstehenden. »Es erübrigt sich also für einen von Ihnen, heute nacht hier Wache zu stehen.« Er öffnete die Hand und hob den Stein hoch, daß alle ihn sahen. »Ich bin es«, sagte er noch einmal, »ich. Der Gedanke, daß jemand uns belauscht, wäre mir sehr unangenehm. Kann ich mich auf Sie verlassen?« Seine Stimme klang kalt und leidenschaftslos, es war die Stimme, mit der er im Krankenhaus seine Anordnungen gab, denen noch immer Folge geleistet worden war. Die Männer schwiegen, aber nach und nach zog sich einer nach dem anderen zurück. Draußen schienen sie das Gefühl zu haben, aus einem Kühlhaus gekommen zu sein. Karfunkel schnaubte und schüttelte sich. Der Briefträger klemmte beide Hände unter die Achseln und stampfte auf der Stelle, als müsse er sich aufwärmen. Ein Mann zog eine flache Flasche aus seiner Gesäßtasche und reichte sie herum. »Arme Ida«, flüsterte er. Stumm folgten sie seinem Blick zur Laube, wo sich nichts regte. Einen Augenblick lauschten sie noch, dann blickten sie einander bedeutungsvoll an und zerstreuten sich langsam nach allen Seiten.

11

Es war eine Vollmondnacht, und so fand er den Weg zur Laube leicht, obwohl dort wie auch hinter dem Fenster des Kiosks kein Licht brannte. Vielleicht war sie gar nicht da, einfach verschwunden für diese eine Nacht. Der Gedanke machte ihn so wütend, daß er weit heftiger an die Tür klopfte, als er vorgehabt hatte. Sie schwang auf, ohne daß jemand von innen öffnete, und er blieb auf der Schwelle stehen und versuchte in der Dunkelheit etwas zu erkennen.

»Ida«, sagte er, »bist du da? Mach doch um Himmels willen Licht.«

»Wozu?« antwortete ihre Stimme von irgendwoher. Erleichtert atmete er auf. Sie war also da. Er tastete sich vor, bis er an einen Tisch stieß, suchte nach der Lampe und nahm ihr, als er sie gefunden hatte, den Glasschirm ab.

»Ich habe gewonnen«, sagte er, während er in seiner Tasche nach Streichhölzern suchte, »und ich denke nicht daran, mich von dir in fünf Minuten abspeisen zu lassen.« Er hatte die Streichhölzer endlich gefunden und steckte den Docht an.

»Warum sollen Sie anders sein als die anderen«, sagte sie. Sie saß auf dem Sofa, mit vorgebeugten Schultern, die Hände im Schoß, und es sah aus, als warte sie so schon seit Stunden auf ihn. Er sah sie kurz an und blickte dann schnell wieder weg.

»Wo ist deine Mutter?« fragte er.

»Ich hab sie weggeschickt.«

Er stülpte den Glasschirm wieder über die Lampe und ging zur Tür, um den Riegel vorzuschieben. Sie straffte die Schultern und hielt sich steif und gerade, als er zurückkam, um sich neben sie zu setzen. »Ida«, sagte er. Er legte den Arm um ihre Schultern und zog sie an sich. »Was ist denn?«

»Was soll schon sein?« Auch im Sitzen war sie immer noch einen halben Kopf größer als er. Er faßte ihr in die Haare und bog sie nach hinten, bis sie auf dem Rücken lag. Regungslos ließ sie ihn gewähren. Er legte sich neben sie, einen Arm aufgestützt, um sie besser betrachten zu können, und fuhr mit dem Finger behutsam über ihre Stirn, die Nase und den Mund, die weiche gebogene Linie des Halses entlang bis zu ihrer Brust, dort ließ er die Hand liegen.

»Du magst mich nicht?« fragte er.

»Für keinen von euch dreien«, sagte sie, »war ich mehr ein Stück Dreck als für Sie.«

»Das ist nicht wahr.«

»Doch, es ist wahr. Sie dachten von Anfang an nur an eines, daß man mit mir... daß ich nur dazu gut bin.«

»Daß du für die Liebe wie geschaffen bist«, sagte er sanft, »und zu nichts sonst.«

Sie lachte: »Liebe!« Es klang verächtlich und gleichzeitig traurig, und um nicht mehr zu hören, verschloß er ihren Mund mit seinem Mund und streichelte ihre Brust und den Rücken und die Schenkel, die sie fest zusammengepreßt hielt. Sie drehte den Kopf zur Seite und spuckte aus. »Nun machen Sie schon«, schrie sie, »hören Sie auf mit dem Theater. Mich muß man nicht in Stimmung bringen.« Plötzlich begann sie zu weinen. Ihr Gesicht quoll auf, wurde rot und häßlich, Wimperntusche löste sich und zog schwarze Streifen über die Wangen. Er ließ sie los. »Ida«, sagte er. Eine maßlose Zärtlichkeit erfaßte ihn, der Wunsch, diesen großen weichen, von Schluchzern geschüttelten Körper fest an sich zu drücken, sie zu beruhigen, ihr zu helfen. Aber er rührte sie nicht an.

»Darauf«, sagte er schließlich, als sie endlich zu weinen aufgehört hatte und sich mit einem Zipfel ihres Kleides über das Gesicht rieb, »darauf habe ich nun so lange gewartet.« Er stand auf, dehnte die Arme und trat zum Tisch. »Wie auch immer«, meinte er, »das Feuer ist gelöscht.« Sie starrte ihn mißtrauisch an.

»Ich wollte, daß es Sie erwischt«, sagte sie böse.

Er drehte sich nach ihr um. »Du wußtest, was sie vorhatten?«

»Ja.«

»Und du hast meine Freunde aus dem Rennen gebracht, damit ich übrigbleibe?«

»Ja.«

»Sehr schmeichelhaft für mich. Und jetzt werde ich bezahlen müssen, ohne überhaupt etwas gehabt zu haben. Weißt du, wer es ist?«

»Wer was ist?«

»Mein Mörder«, sagte er leichthin. Der Docht der Lampe blakte und ließ das Licht zuckende Schatten an die Wände werfen.

»Ich glaube, es ist Karfunkelchen«, sagte sie.

»Ein Verrückter?«

»Ja.«

»Und warum gerade er?«

»Wer sonst«, sagte sie, »wer sonst sollte so etwas meinetwegen tun?« Sie saß wieder hochaufgerichtet auf der Sofakante und begegnete, ohne zu blinzeln, seinem Blick. Ihr Gesicht, immer noch rot und verquollen, ähnelte dem eines schlecht abgeschminkten Clowns, trotzdem ging eine Würde von ihr aus, die ihn rührte.

»Eines verstehe ich nicht«, sagte er, »du mußt doch als erste begriffen haben, daß etwas nicht stimmt. Warum hast du weiter mitgemacht?«

»Sie wollten es so. Ich war es ihnen wert. Und dann...«, sie drehte den Kopf zur Seite und zupfte an der Sofadecke, »es war schließlich ihr Risiko, nicht das meine.«

Er nickte nachdenklich. »Ein Mann mehr oder weniger ist dir egal, hab ich recht? Du liebst die Männer nicht, aber ich, Ida, ich liebe Frauen, ich liebe sie so sehr, daß ich nicht einmal dir weh tun konnte.«

»Nicht einmal mir«, sagte sie.

Er ging zur Tür und schob den Riegel zurück. Mit dem Rücken zu Ida blieb er stehen und räusperte sich.

»Wolltest du noch etwas sagen?« fragte er leise.

»Wolltest du nicht sagen: Bleiben Sie hier, bis es Tag ist, dann kann er Ihnen nichts mehr tun? Ich höre,

Ida?« Sie rührte sich nicht. Er öffnete die Tür und atmete tief die kalte klare Nachtluft ein. Der Mond schien immer noch und ließ dünne weiße Strahlen durch das Blattwerk der Laube auf den Boden fallen, wo sie helle Flecken zeichneten. Er schob einen Fuß vor und setzte ihn in den ersten Fleck. »Dabei glaube ich sogar«, sagte er, mehr zu sich selbst, »daß ich keine andere Frau wahrhaftiger geliebt habe als dich.« Er zog den anderen Fuß nach und stellte ihn auf die nächste helle Stelle. »Du sagst immer noch nichts?« Er wandte sich halb um und lauschte. »Nein, du sagst nichts. Es ist auch zu schwierig. Wir könnten nie zusammenkommen.« Er setzte wieder einen Fuß vor und erreichte den Tisch, auf dem die Kürbisse lagen. »Nicht für eine Nacht und nicht für viele Nächte«, sagte er. Ein leises Rascheln vor der Laube ließ ihn zusammenzucken. Er nahm eine der kleineren Früchte hoch und hielt sie an sich gedrückt. Sie fühlte sich rauh und verschorft an, ganz anders, als sich sein Kürbis angefühlt hatte.

Ein Schatten schob sich unter den Eingang der Laube, groß, von den Blättern halb verdeckt. War es Karfunkelchen, oder doch ein anderer? Konnte ihm das jetzt nicht völlig gleichgültig sein? Er grub seine Nägel in die Frucht, aber als der Mann die Arme ausstreckte und ihn um den Hals packte, ließ er sie fallen. Und es war nicht Ida, an die er dachte,

als der Druck auf seine Kehle stärker wurde und die
Laube vor ihm im Nebel verschwamm, es war der
Kuckuck, dem sein letzter Gedanke galt, der Kuk-
kuck, der ihm schon vor Monaten Antwort auf die
Frage gegeben hatte, die jetzt für immer überflüssig
geworden war.

Das Königsstechen

I

Der ganze Komplex nannte sich Bürgerhospital. Auf einer kleinen Anhöhe inmitten des alten Stadtkerns gelegen, gliederte er sich in drei Abteilungen. Der Verwaltungsbau in der Mitte, engbrüstig und unten in seiner ganzen Breite von dem hölzernen Eingangstor ausgefüllt, überragte turmartig um ein Stockwerk die beiden eingeschossigen Seitenflügel, in denen rechts das Krankenhaus – das aber, seit es ein neues unten in der Stadt gab, nicht mehr benutzt wurde –, links das Altersheim untergebracht waren.

Eine Tafel über der Tür zeigte an, daß das Hospital 1521 durch die hiesigen Bürger für die Elenden und Armen der Stadt erbaut worden war, und wenn sich auch seit dieser Zeit vieles geändert hatte, so war doch eines gleichgeblieben, aufgenommen wurde, unabhängig von Religion, Stand und Namen, jeder, der einen bestimmten Grad von Dürftigkeit nachweisen konnte. So stand es in der Satzung.

Deshalb hatte das Hospital auch jetzt noch einen Geruch von Armenhaus an sich, und wer immer es hatte vermeiden können, auch wenn der Umfang seines Vermögens oder, richtiger, Nichtvermögens ihm einen Aufenthalt dort gestattet hätte, hatte sich einen anderen Platz gesucht, seinen Lebensabend, wie man so schön sagt, zu beschließen.

Vor dem Hospital befand sich eine Terrasse, die mit einer niedrigen Sandsteinmauer abschloß, von der aus man einen weiten Blick über die Häuser der Altstadt, den Fluß und die auf der anderen Seite liegenden Wälder hatte. Von Mai bis Oktober wurde hier, unter den weitausladenden Platanen, mit denen die Terrasse bepflanzt war, ein Biergarten betrieben, und es war seltsam, die papierweißen Gesichter der alten Leute hinter den Fenstern zu sehen, wenn sie auf die vergnügt lärmenden und trinkenden Menschen hinausblickten, die – bei schönem Wetter – die mit gewürfelten Decken belegten Tische bis auf den letzten Platz besetzt hielten. Es war ein angenehmer Spaziergang, die Treppen hier herauf, und die Aussicht über die Stadt und den Fluß bot einen weiteren Anreiz. Es war schwer zu sagen, ob es gut oder schlecht war, daß man den Alten im Hospital diesen Biergarten direkt vor die Nase gesetzt hatte. Was den einen willkommene Abwechslung war, war anderen ein Ärgernis, vor allem denen, die selbst gern Bier tranken, diesem Vergnügen aber, mit dem wenigen Taschengeld, das wöchentlich ausgezahlt wurde, nicht in dem Umfang nachgehen konnten, wie sie es gern getan hätten.

Man mußte schon so geschickt mit den Händen sein wie Nikolaus Musik oder so listig wie dessen Freund Ignaz Kropf, um sich etwas dazuzuverdienen, und diese beiden in dieser Beziehung zu erreichen oder sogar zu übertreffen war bisher noch keinem der anderen Insassen gelungen. Nikolaus war Fischer gewesen und Ignaz Privatier, ein heute wohl ausgestorbener oder jedenfalls unter diesem Namen ausgestorbener Beruf, der nichts anderes besagte, als daß man ein von anderen mehr oder weniger mühsam aufgebautes Vermögen erbte und allmählich aufzehrte, ohne etwas dazuzuverdienen. Ist das Vermächtnis groß genug, daß man von den Zinsen leben oder das Geld für sich arbeiten lassen kann, ist oder war Privatier sicher einer der schönsten Berufe, die sich denken lassen, schmilzt es aber dahin und ist eher vom Erdboden verschwunden als sein Besitzer, sieht die Sache schon anders aus.

Ignaz war nicht leichtsinnig gewesen, er hatte sich sein Geld genau eingeteilt, in bestimmten Fristen bestimmte Summen verbraucht, Teuerungen und Notfälle, wie Krankheiten, Verlust, Diebstahl, aus einem eigens dafür angelegten Reservefonds überbrückt, ihm war nur ein einziger, nicht mehr wiedergutzumachender Fehler unterlaufen, er war jetzt schon drei Jahre über das von ihm angesetzte Todesjahr hinaus, in dem, wie er es sich vorgestellt hatte, ihn Geld und Leben gleichzeitig verlassen sollten.

Sein Vermögen hatte sich an die Abmachung gehalten, was aber seinen zähen, mageren und widerstandsfähigen Körper anging, so war er jetzt, mit dreiundachtzig Jahren, immer noch fest mit seinem Geist verbunden und schien ihn auch nicht zu bald freigeben zu wollen.

Nikolaus war etliche Jahre jünger, ein Umstand, der Ignaz dazu verleitete, den ihn um fast einen Kopf Überragenden bei manchen Gelegenheiten wie ein unmündiges Kind zu behandeln. Betrachtete man die beiden als Ganzes, und viele ihrer Heimgenossen und vor allem dessen Leiter taten dies, so war Ignaz der Kopf und Nikolaus dessen ausführende Organe, denn es gab niemanden, der Ignaz' Ideen besser in die Tat umzusetzen wußte als er. So war es Ignaz' Einfall gewesen, kleine Hände, Füße und Herzen, und das ging ja noch, aber dazu auch Lungenflügel – für die Raucher –, Leber, Milz und Gedärme aus Wachs zu formen und sie im Sommer vor der Kapelle auf dem Drudenberg den Touristen zum Kauf anzubieten. Viele griffen zu, nicht aus Frömmigkeit, sondern weil sie Nikolaus' kleine Kunstwerke als originelle Mitbringsel ansahen.

Diese und andere Verdienstmöglichkeiten versetzten die beiden in die Lage, sich weit mehr Vergnügungen zu gönnen, als es den anderen Insassen des Bürgerhospitals möglich war. Die waren auf die wenigen Zerstreuungen angewiesen, die ihnen im Lauf des Jahres vom Heimleiter oder einem Komitee hilfsbereiter Damen, das sich, zurückgehend auf die Gründerin, die inzwischen in einer anderen Stadt andere Arme beglückte, IDA-KROTTE-MÜLLER-KREIS nannte, bereitet wurden, Vergnügungen, die Ignaz und Nikolaus jedesmal dazu zwangen, ein, zwei Tage krank zu werden, denn eine andere Möglichkeit, diesen Festen zu entkommen, gab es nicht. Teilnahme war erwünscht, und was dieses »erwünscht« bedeutete, wußten alle Glieder des Bürgerhospitals nur zu gut. Keiner sonst hatte den Mut, krank zu werden, und selbst diejenigen, die wirklich unpäßlich waren, krochen aus ihren Betten in ihre Kleider und trafen sich mit den anderen im festlich geschmückten Speisesaal. Um bei der Wahrheit zu bleiben, die meisten gingen natürlich gern, allein schon deshalb, weil dem Speisezettel an diesen Tagen in Form von Sekt oder Wein ein ungeheurer Auftrieb widerfuhr, aber Nikolaus und Ignaz fanden diese schockartig über die alten Leute hereinbrechende

Fröhlichkeit abscheulich. Natürlich waren sie fröhlich, mußten sie's nicht sein? Da sangen Kinder, denen man immer wieder gesagt hatte, wieviel Freude sie mit ihrem Beitrag in freudloses Leben bringen würden.

Oder die KROTTE-MÜLLER-Damen spendierten für einen Nachmittag eine Kosmetikerin, die einen Vortrag hielt und anschließend die alten Frauen in Appetithäppchen verwandelte, die aussahen, als wären sie eine ganze Ballnacht lang auf dem kalten Büfett liegengeblieben.

»Warum tun Sie«, sagte damals Ignaz, der sich ausnahmsweise einmal dazugesetzt hatte, zu der forschen und knackigen Dame, die mit ihren Farbtöpfen herumjonglierte wie ein Zauberkünstler mit seinen Kaninchen, »warum tun Sie, als wäre Altsein eine Krankheit? Warum vertuschen Sie, was wahr ist? Jetzt sehen Sie sich nur diese Herde von Pavianen an!« Und er zeigte auf die Reihe zurechtgemachter alter Frauen, die ihnen ratlos die Gesichter zugewandt hielten und die, mit künstlich aufgeplusterten Haaren und überpuderter Haut, tatsächlich einer Herde verängstigter Affen glichen.

Die Kosmetikerin hatte sich beim Heimleiter beschwert, der nur ergeben die Arme gehoben hatte. »Auf den«, hatte er gesagt, »auf den dürfen Sie nun wirklich nicht hören, das ist unser Nihilist.« Immerhin strich er nach diesem Vorfall Ignaz für eine Woche den Nachtisch.

Nein, Ignaz' und Nikolaus' Vergnügungen waren anderer Art. Sie waren gerngesehene Gäste in einer kleinen Weinstube unten in der Stadt, und da sie abends spät nicht mehr fortdurften, tranken sie dort schon an den Nachmittagen ein, zwei Viertel Wein, um sich in der halbdunklen, um diese Zeit meist noch leeren Gaststube ganz in ihren Traum zu verlieren. Denn so alt sie beide waren, waren sie doch nicht alt genug, um über alle Wünsche und Sehnsüchte hinaus zu sein, und da sie beide nie eine Frau und Kinder gehabt hatten, träumten sie davon, wenn schon keine Väter, dann doch wenigstens so eine Art Großväter zu werden. Ignaz hatte einen Neffen und Nikolaus eine Nichte, beide waren, dem Beispiel ihres jeweiligen Onkels folgend, unverheiratet geblieben. Daß sie von sich aus an diesem Zustand noch etwas ändern würden, glaubten Nikolaus und Ignaz nicht, aber mit ihrer Nachhilfe...? Sie irgendwann einmal zusammenzubringen würde nicht schwer sein, aber sie so zusammenzubringen, daß sie sich ineinander verliebten und für den erwünschten Enkel sorgten, war schon eine andere Sache. Sie hatten vieles beredet und wieder verworfen, bis Ignaz eines Nachmittags in der Weinstube eine grandiose Idee kam. An einem der ausnahmsweise besetzten Nebentische unterhielt man sich über den Arzt, der in einer Laube am Fluß erwürgt aufgefunden worden war. Der Mord hatte die ganze Stadt beschäftigt, aber hier hörten sie den Namen des Arztes zum erstenmal im Zusammenhang mit dem Königsstechen.

Der Arzt war im letzten Jahr der Mann gewesen, der am Faschingssonntag mit jeweils zwanzig Nummernpaaren durch die Stadt gegangen war, um diese an die nach seinem Ermessen originellsten Masken zu vergeben. Es gab rote Nummern für die weiblichen und blaue für die männlichen Masken. Zu einer vorher bestimmten Stunde fanden sich alle vor einer Tribüne auf dem Marktplatz zusammen. Die Nummern wurden aufgerufen, und die zusammengehörigen Paare kamen auf die Bühne und tanzten miteinander. Der Witz bestand darin, daß sie ganz überraschend aufeinandertrafen, und es war ein herrlicher Spaß für die Zuschauer, die seltsamsten Gestalten dort oben tanzen zu sehen. Am Schluß wurde durch Zuruf das beliebteste Paar ermittelt, erhielt einen Preis und wurde für den Rest der tollen Tage zu König und Königin erklärt. Von weither kamen die Leute an diesem Sonntag in die Stadt, denn hier konnte jeder gewinnen und König werden, ganz abgesehen von dem Vergnügen, das die ganze Sache machte.

Wenn es ihnen gelingen würde, hatte Ignaz ge-

meint, die beiden dort oben auf der Bühne das erstemal aufeinandertreffen zu lassen, wäre das Rennen
schon halb gewonnen. Sie müssen dann einfach annehmen, daß sie vom Schicksal füreinander bestimmt
sind. Oder? Wie denkst du darüber? Und Nikolaus
hatte wieder einmal Gelegenheit, den Scharfsinn seines Freundes zu bewundern, ohne sich lang darüber
Rechenschaft zu geben, daß dieser Plan im Grunde
undurchführbar war. Der Mann, der die Karten verteilte, war, mußte unbestechlich sein, und wer außer
ihm konnte die passenden Nummern an ihre Schützlinge weitergeben? Selbst wenn sie die beiden so
ausstaffierten, daß sie eine Chance hatten, stand die
Quote, daß sie aufeinandertrafen, eins zu zwanzig.
Aber Ignaz – und dessen war er sich sicher – würde
das irgendwie schon schaffen.

2

Weihnachten war vorbei. Und hatten die Vorberei-
tungen auf das Fest, der mit Tannen- und Mistel-
zweigen geschmückte Speisesaal, der große Christ-
baum in der Diele die alten Leute noch einigermaßen
in Stimmung gehalten, so brach jetzt, Anfang Januar, der große Trübsinn aus.

Noch vor Silvester hatte es zu schneien begonnen, und hatten sie den ersten Schnee auch mit wohlwollendem Interesse begrüßt und, geborgen hinter ihren Fensterscheiben, die allmähliche Veränderung der Welt draußen beobachtet, jammerten sie jetzt über das eintönige und kalte Weiß, das wie ein Leichentuch alles überdeckte, was ihren Augen Abwechslung geboten hatte. Nur die Amseln, schwarz und aufgeplustert, huschten unheilverkündend über den Schnee und zogen ihnen in düsteren Vorahnungen das Herz zusammen.

Es war still im Haus. Manchmal drang aus der Küche das Klappern von Geschirr und die Stimme der Köchin, wenn sie dem Küchenmädchen eine Anweisung gab, aber sonst war nicht viel zu hören. Trafen sie sich im Speisesaal, glitten ängstliche Blicke in die Runde, ob wieder einer fehlte, den die Styxe geholt hatten. Denn so hatte Ignaz die beiden kräftigen Pfleger genannt, die aus dem stillgelegten Krankenhaus herüberkamen, wenn einer von ihnen so krank wurde, daß er das Bett nicht mehr verlassen konnte. War es nur ein Gerücht, oder war es wahr, daß keiner, der von den Styxen fortgebracht wurde, jemals wieder zurückgekommen war? Vielleicht lag es daran, daß, wer auch immer es noch schaffte, aus seinem Bett stieg, so daß nur die hinüberkamen, denen das nicht mehr gelang, es also wirklich nur die Schwächsten und Hilflosesten traf. Besuche drüben waren unerwünscht – das hieß im Klartext verboten –, auch war die Tür, die vom Verwaltungsbau in das ehemalige Krankenhaus führte, immer verschlossen. Natürlich hatten die nächsten Angehörigen Zutritt, aber wer kam da schon.

Siebzehn Insassen hatte das Bürgerhospital noch. Und weil das Gebäude reparaturbedürftig und die sanitären Einrichtungen völlig veraltet waren, hatte die Stadt beschlossen, wenn auch der letzte Bewohner den Weg alles Irdischen gegangen war, das Altersheim ebenso wie das Krankenhaus zu schließen und nach gründlicher Renovierung aus dem ganzen Komplex ein Kulturzentrum zu machen. Mit Heimatmuseum, Bibliothek, Vortragsräumen, Lese- und Spielzimmern, ein Treffpunkt, vor allem für Jugendliche, für die es in der Stadt so etwas noch nicht gab.

Die Pläne waren fertig, und so hieß es jetzt nur noch – natürlich in aller Diskretion – auf das Ableben der Alten zu warten, und da deren Jüngster auch schon weit über siebzig war, setzten die Planer den Zeitpunkt der Renovierung in nicht allzu weiter Entfernung an. Keiner hatte dabei ein schlechtes Gewissen. Das Bürgerhospital hatte seinen Zweck lange genug erfüllt, und schließlich und endlich gab es in der Stadt keine richtigen Armen mehr. Die jetzt noch darin saßen, waren nach Ansicht der Verantwortlichen die letzten Exemplare einer im Aussterben begriffenen Gattung, Leute, die in den Tag hineingelebt und sich nicht um ihre Altersversorgung gekümmert hatten.

Das Personal war aufs Notwendigste beschränkt. Dem Heimleiter, einem strengen und auf Disziplin bedachten Mann, der sich im Geiste schon in einer neuen Wirkungsstätte sah, unterstand eine Köchin, der ein Mädchen als Hilfe beigegeben war. Ihre Zimmer hielten die alten Leute selbst in Ordnung. Einmal in der Woche war Badetag, einmal in der Woche kam ein Arzt, der auch für die beiden Pfleger und ihre gelegentlichen Patienten im anderen Flügel verantwortlich war. Er war ein weichherziger und im Grunde für seinen Beruf völlig ungeeigneter Mann, der die Alten flüchtig abhorchte und abklopfte, dabei aus dem Fenster oder auf die Decke sah, in Gedanken bei seinem Cello und seinen Büchern, die ihm, wie er dem Heimleiter regelmäßig beim anschließenden Kaffeetrinken in dessen Zimmer versicherte, den grauen Alltag verschönten.

In diesem stillen und grauen Januar nun sah es so aus, als könne der Heimleiter bald seinen Koffer packen. Zwei Männer hatten die Styxe geholt, heimlich durch Türspalten von ängstlichen Blicken begleitet, von denen sie nichts ahnten, während sie ihre willenlosen Opfer auf einer Bahre durch den Gang schoben.

»Höchste Zeit«, hatte Ignaz zu Nikolaus gesagt, »daß wir etwas tun, sonst sterben sie uns weg wie die Fliegen.« Also war Nikolaus in seinem Auftrag von Zimmer zu Zimmer gegangen, und jetzt saßen sie im Speisesaal, der auch als Aufenthaltsraum diente, um den großen Kachelofen, der ihnen die alten Knochen, aber schon lange nicht mehr das Herz erwärmen konnte. Ignaz, der als letzter kam, blieb unter der Tür stehen und schüttelte, als er den traurigen Haufen erblickte, den Kopf.

»Holt Gläser«, sagte er und zog unter seiner Jacke eine Flasche hervor. Beglücktes Aufseufzen ging durch die Reihe, und Fine, eine dünne, große Person, die aussah, als würde sie nur noch von ihren Kleidern zusammengehalten, stand auf und holte aus dem Geschirrschrank nacheinander siebzehn Gläser, die sie auf ein Tablett stellte – aber nach kurzem Nachdenken tat sie zwei wieder zurück.

»Siehst du«, sagte Ignaz, der sie beobachtet und bestätigend genickt hatte, »von der Seite hast du's wohl noch gar nicht betrachtet. So bekommt jeder mehr.«

»Darauf«, sagte sie, »kann ich verzichten. Und wenn ich nicht sicher wüßte, Ignaz, daß du's nicht so meinst, könntest du deinen Wein jetzt ohne mich trinken.«

»Woher weißt du, daß es Wein ist? Ich wette, du kannst durch das Glas riechen, was in einer Flasche ist.« Er nahm ihr die Gläser ab und stellte sie nebeneinander auf den Tisch. Während er eingoß, ging er in die Knie, um in gleicher Höhe mit den Gläsern zu sein. »Ganz gerecht«, murmelte er dabei, »ganz gerecht.« Es gab für jeden nicht mehr als einen guten Schluck, aber schon das war für sie, die man mit Kräutertee so vollgepumpt hatte, daß sie aus allen Poren nach Kamille und Pfefferminz rochen, eine willkommene Abwechslung.

»Es wäre mehr geworden«, sagte er, hob sein Glas und trank andächtig, »wenn Nikolaus und ich unser Geld nicht für ganz andere Dinge bräuchten. Für Seide und Goldpapier und ein Zimmer im besten Hotel der Stadt.«

»Wozu?« fragten sie.

Er fuhr sich mit der Zungenspitze über die Lippen und seufzte. Seit sein Plan so weit gediehen war, daß sie an seine Ausführung denken konnten, waren er und Nikolaus nicht mehr in der Weinstube gewesen. Sparen war oberstes Gebot. Allein das Zimmer, das er für die Nacht vom Faschingssonntag auf Rosenmontag im GOLDENEN ADLER bestellt und im voraus bezahlt hatte, hatte ihr Vermögen fast aufgezehrt. Nun, für Faschingsseide, die sicher nicht zu teuer war, würde es noch reichen, und dann, er betrachtete die Alten, die auf ihrem Schluck Wein herumkauten, um den Genuß soweit als möglich in die Länge zu ziehen, mit nachdenklichem Lächeln, mußten auch noch ein paar Pappnasen und lustige Hüte für sie abfallen.

»Ich will es euch erklären«, sagte er. »Wie ihr sicher wißt, habe ich einen Neffen und Nikolaus eine Nichte. Sie sind beide nicht mehr jung, aber auch noch nicht alt. Sie sind immer noch ledig, und wir wollen sie zusammenbringen.«

»Verrückter Gedanke«, meinte Eckbert, ein ehemaliger Gärtner, der ein von Arthritis steifes Bein hatte, das er beim Sitzen weit von sich streckte, »woher willst du wissen, daß sie sich in ihrem jetzigen Zustand nicht sehr wohl fühlen? Du hast schließlich auch nicht geheiratet.«

»Das ist wahr. Sicher. Aber siehst du, jetzt, wo ich alt bin, tut mir's leid. Und warum sollen wir's nicht versuchen? Zwingen können wir sie sowieso nicht. Aber wenn es klappt, verspreche ich, daß ihr alle zur Hochzeit eingeladen werdet...und, wenn alles gut geht«, er machte eine Pause und blinzelte zu Nikolaus hinüber, »zur Taufe.«

»Ha ha«, sagte Eckbert, »ich wußte gar nicht, daß du so ein Spinner bist. Und du hast tatsächlich vor, ihnen ein Zimmer zu bestellen, *ein* Zimmer?«

»Es ist schon bestellt«, sagte Ignaz gleichgültig.

»Bestellt und bezahlt. Das Hochzeitszimmer im GOLDENEN ADLER.«

»Das Hochzeitszimmer«, rief Torsten, der so alt war, daß er seinen Geburtstag vergessen hatte, was ihm die Möglichkeit gab, ihn mehrmals im Jahr zu feiern, »das mit dem Himmelbett und den Brokatvorhängen?«

»Ich nehme es doch an«, sagte Ignaz, »der Preis war jedenfalls danach.«

»Es ist das Zimmer, in dem Lilian Harvey geschlafen hat«, erklärte Torsten, der vierzig Jahre lang im GOLDENEN ADLER Hausdiener gewesen war, mit weinerlicher Stimme. Rote Flecken erschienen auf seinen Wangen. »Sie hat mir eine Blume aus ihrem Strauß gegeben...«

»...und dich auf die Wange geküßt«, schlossen alle im Chor.

»Wahrscheinlich hast du sie so lange angestarrt, bis sie dich anders nicht loswerden konnte«, sagte Fine, die ihre Zuneigung zu Torsten hinter ständigen Sticheleien gut zu verbergen wußte.

»Schluß damit«, sagte Ignaz, »hört mal zu! Die beiden haben versprochen, am Faschingssonntag zu kommen. Sie haben sich vorher noch nie gesehen, und wir werden es so einrichten, daß sie sich das erstemal auf der Bühne beim Königsstechen gegenüberstehen.«

»Das geht doch nicht.« Aufgeregt schwätzten alle durcheinander. Er hob den Arm. »Wir kaufen Stoff und nähen zwei Kostüme. Denselben Stoff, die gleiche Farbe. Schon das wird sie umhauen.«

»Na na«, sagte Eckbert.

»Wir verkleiden sie als König und Königin«, fuhr Ignaz ungerührt fort. »Und wir maskieren uns auch, ein bißchen jedenfalls. Ich brauche euch alle unten in der Stadt.«

»Du weißt genau, daß wir nicht wegkönnen«, sagte Eckbert, »es gibt eine kleine Feier im Speisesaal, wie jedes Jahr.«

»Dieses Jahr kann er allein feiern. Wir hauen ab.«

Eine Revolution. Das war phantastisch. Ein paar der alten Frauen begannen zu kichern. Eckbert verzog den Mund zu einem breiten Grinsen. »So weit, so gut. Aber wie willst du die beiden auf die Bühne bringen?«

»Ganz einfach«, erklärte Ignaz. »Sie treffen um die Mittagszeit hier bei uns ein. Sie geht in Nikolaus' Zimmer, er in meines. Sie dürfen sich nicht sehen, dafür sorgt ihr. Sie bekommen ihre Kostüme, und dann gehen wir getrennt in die Stadt. Ist das klar?«

»Ja.«

»Gut. Während Nikolaus und ich und ein paar von euch mit ihnen in der Stadt herumlaufen, auf vorher verabredeten Wegen, damit wir uns nicht begegnen, schleicht der Rest aus dem Haus und schnappt sich den Mann, der die Nummern verteilt.«

»Müssen wir ihn fesseln, Ignaz?« fragte Torsten mit leuchtenden Augen. Fine gab ihm einen Stoß. »Zu klapprig, seine Schnürsenkel allein zuzubinden«, sagte sie, »aber jemanden fesseln wollen, das mag ich.« Er kümmerte sich nicht um sie, hob seinen Finger hoch wie in der Schule und blickte Ignaz fragend an.

»Nicht mit Gewalt«, sagte Ignaz. »Ihr hängt euch an ihn dran wie die Kinder, die immer hinter ihm her sind und die er manchmal die Karten überbringen läßt. Bettelt so lange, bis er einem von euch dasselbe erlaubt. Denkt daran: Er gibt eine Nummer aus und sucht dann so lange, bis er den dazu passenden Partner gefunden hat, ihr müßt also zwei Karten nacheinander erschwindeln.«

»Ja und?« fragte Eckbert. »Er merkt's doch, wenn wir sie nicht weitergeben.«

»Ihr vertauscht sie heimlich«, sagte Nikolaus. »Ihr behaltet die richtigen, und den ausgesuchten Masken gebt ihr zweimal die von uns vorbereiteten Karten mit der Nummer einundzwanzig.«

»Aber es geht doch nur bis zwanzig.«

»Wer denkt da schon dran. Der Rest ist wohl klar?«

»Aber ja.« Torsten sprang vom Stuhl auf und rieb

seine Hände, bis die Knochen in den dünnen Fingern knackten.

»Heute mittag kaufen wir den Stoff. Laßt mich die Kronen machen. Dazu brauch ich aber außer Goldpapier auch Pappe. Ist das noch drin, Ignaz?«

»Ja.«

Sie waren wie umgewandelt. Jemand holte aus der Besenkammer einen Tapetenrest, der dort schon seit Jahren vor sich hinschimmelte. Sie breiteten ihn auf dem Tisch aus und begannen, die Kleider zu entwerfen und die Schnittmuster auszuarbeiten. Fine, die früher als Hausschneiderin gearbeitet hatte, übernahm den Vorsitz. Sie einigten sich nach heftigen Diskussionen auf die Grundfarbe Rot, Kragen und Manschetten würden sie aus schimmernder goldfarbener Seide anfertigen, passend zu Kronen und Zepter.

Die Köchin, die zur Mittagessenszeit unter der Tür erschien, um sie mit dem Decken des Tischs zu beauftragen, blieb mit offenem Mund dort stehen und starrte auf die lebhaft diskutierende Gruppe. »Da kenn sich einer aus«, murmelte sie, »tagelang sitzen und schleichen sie herum, als wäre keine Spur Leben mehr in ihnen, und jetzt sind sie aufgeregter als eine Schar Hühner, die ihren Gockel verloren hat.« Sie klatschte laut in die Hände, als keiner sie bemerkte.

»Tischdecken, Herrschaften!«

102

Sie rollten das Papier zusammen und legten es in eine Fensternische. Wovor sich sonst jeder zu drükken versuchte – nicht, weil es Mühe gemacht hätte, sondern weil jeder der Ansicht war, der andere wäre für diese Arbeit besser geeignet –, taten sie heute gemeinsam und mit großer gegenseitiger Rücksichtnahme, so wie Kinder auch nie freundlicher und ruhiger sind als in den zwei Stunden vor dem Weihnachtsabend. Sie reichten sich Teller und Gläser aus dem Schrank, ordneten das Besteck auf dem Tisch und taten während des Mittagessens, zum großen Erstaunen des Küchenmädchens, das das Essen aufzutragen hatte und an ihr unzufriedenes Gemurre gewöhnt war, als wäre der Kohlauflauf gefüllter Gänsebraten und der kalte Pfefferminztee in ihren Gläsern Champagner aus einer der besten Lagen der Welt.

3

Und diese ausgelassene, auf den Heimleiter fast unheimlich wirkende Stimmung hielt an. Er sprach mit dem Arzt darüber, klopfte dabei vorsichtig auf den Busch, ob er den alten Leuten etwa Vitamintabletten…? Nein, er hatte nicht. Sollte er vielleicht? Der Heimleiter winkte ab.

»Sie sehen doch, wie munter sie sind, auch ohne«, sagte er düster. Der Arzt konnte das nur bestätigen. »Sie sind momentan, wenn man ihr Alter und alle anderen Umstände in Betracht zieht, in einem geradezu hervorragenden Zustand. Das ist um so erfreulicher, nachdem uns unsere beiden Kranken verlassen haben.« Er hob ergeben die Hände. »Sic transit omnia. Warum haben Sie eigentlich angeordnet, daß die Beerdigungen ohne unsere Freunde hier stattzufinden haben?«

»Es würde sie nur aufregen.« Die Stimme des Heimleiters klang schroffer als beabsichtigt, und er stand auf und trat ans Fenster. Mit auf dem Rücken verschränkten Händen blickte er auf den verschneiten Garten hinaus, der sich die ganze Hinterfront des Hospitals entlangzog und den zu bepflanzen und instandzuhalten Aufgabe der Insassen war. Jetzt gab es dort nichts mehr außer Feldsalat, der, mit Reisig zugedeckt, die Kälte überstanden hatte. Hatte der Arzt ihn durchschaut, ahnte er, daß er die Alten möglichst wenig außerhalb des Hauses und damit außerhalb seiner Kontrolle mit anderen zusammentreffen lassen wollte? Schlimm genug, daß Ignaz und Nikolaus, denen er beiden nicht traute, ihm immer wieder entwischten. Die anderen gingen kaum weg. Was sollten sie auch in der Stadt, wenn sie so gut wie kein Geld hatten. Das bißchen Taschengeld, das sie bekamen, warfen sie sonntags während der Messe, die ein Kaplan in der zum Hospital gehörenden Kapelle hielt, in den Klingelbeutel, den ein Meßdiener zweimal herumgehen ließ und den er vor den Zögernden so lange auffordernd hin- und herschwenkte, bis jeder, auch wenn er einer anderen Konfession angehörte, seinen Beitrag geleistet hatte.

»Sie haben ja recht«, sagte der Arzt begütigend hinter seinem Rücken. »Sie würden sich vielleicht nur eine Erkältung holen, die in ihrem Alter leicht eine Lungenentzündung nach sich ziehen kann.«

Von der Seite hatte der Heimleiter es noch gar nicht betrachtet. Er verzog den Mund und drehte sich wieder um. Vielleicht würde er in Zukunft doch ab und zu eine Ausnahme machen – vor allem wenn strenger Frost herrschte. »Noch einen Kaffee?« fragte er.

»Danke, nein. Ich muß weiter.«

Er begleitete den Arzt die Treppe hinunter, und als sie im unteren Stockwerk auf gleicher Höhe mit dem Speisesaal waren, erreichte sie, durch die geschlossene Tür nur schwach gedämpft, vielstimmiger Gesang. Er hielt dem Arzt das schwere Portal auf, eisige Schneeluft traf ihn im Gesicht. Er zwinkerte und nieste.

»Passen Sie auf sich auf«, sagte der Arzt im Weggehen und hob schelmisch den Finger, »sonst bringen die noch Sie unter den Boden.«

Es waren noch volle drei Wochen bis Faschingssonntag, und sie bastelten bereits, wie er von der Köchin gehört hatte, an Kostümen. Für den einen Nachmittag, den er ihnen bot? Natürlich würde er wie jedes Jahr den Speisesaal dekorieren, dazu kamen Krapfen, Sekt, Tanzmusik von einem Grammophon und eine um zwei Stunden verschobene Schlafenszeit. Das war sein Gegenangebot dafür, daß er den Alten nahegelegt hatte, sich an diesem Tag nicht in den Trubel unten in der Stadt zu wagen. Er war schließlich kein Unmensch. Konnte man's ihm verdenken, daß er hier alles satt hatte? Dieses alte Haus, in dem schon ewig nichts mehr gerichtet worden war, mit seinen zugigen Fenstern und Türen, den tropfenden Wasserhähnen und den Leitungen, in denen es, wenn nachts einer aufs Klo ging und spülte, so laut röhrte, daß man im Bett hochfuhr? Und dann überall, in allen Winkeln und Ecken, dieser *Alte-Leutegeruch*, den er haßte. Sein Traum war ein modernes Haus, gekachelte Bäder und Küchen, geflieste Flure, abwaschbare Tapeten. Man mußte die Alten so keimfrei halten wie Säuglinge, das war seine Vorstellung, die er hier nie, niemals hatte verwirklichen können. Wütend trat er gegen einen Eimer, der im Gang herumstand. Laut scheppernd schlug er gegen die Wand. Der Gesang im Speisesaal brach ab, die Tür öffnete sich einen Spalt und gab ihm den Blick auf eine schmale Gestalt frei, deren Gesicht von einer überlangen roten Nase verziert war. »Kindisch«, knurrte er im Vorbeigehen, »kindisch.«

Fine grunzte nur abfällig und zog die Tür wieder zu. »Er hat schlechte Laune«, teilte sie den anderen mit, »er sollte sich lieber freuen, daß es uns so gut geht.«

Auf dem Tisch ausgebreitet lagen die halbfertigen Kostüme. Im fahlen Winterlicht, das durch die hohen Fenster kam, leuchtete das Rot des Stoffes doppelt intensiv. Da es im Februar noch kalt sein würde, hatten sie beschlossen, für König und Königin noch einen weiten Mantel zu nähen, der ihnen in weichen Linien über die Schultern fallen und beim Tanzen weit hinter ihnen herflattern sollte.

Ganz allein für sich, nah an einem der Fenster, saß Torsten und arbeitete an den Kronen. Ignaz hatte ihm nicht nur Pappe und Goldpapier, sondern auch in viele schillernde Facetten eingeschliffene Glassteine zum Aufkleben bewilligt, und wenn man ihm zusah, merkte man, daß diese Steine sich für ihn wirklich zu Edelsteinen verwandelt hatten, die kein Juwelier sorgfältiger hätte verarbeiten können als er. Ab und zu hustete er, es war ein trockener, ziehender Husten, den er zu unterdrücken versuchte, und dann blickte Fine zu ihm hinüber, und ihre Augen über der lustigen Nase nahmen einen traurigen und besorgten Ausdruck an.

4

Am Vorabend des Faschingssonntags war alles fertig. Die Kostüme hingen, sorgfältig gebügelt, in Ignaz' und Nikolaus' Zimmer. Die Alten gingen früh ins Bett.

Ignaz saß an seinem Fenster und blickte auf die Stadt hinunter, die an diesem Abend in bunteren Lichtern und Farben schimmerte als sonst, und er erinnerte sich, daß der Abend vor dem eigentlichen Fest immer am schönsten gewesen war. Alle auswärtigen Narren, die sich am Umzug beteiligten, waren dann schon in der Stadt, überall in den Häusern hielt man ein oder zwei Betten zum Schlafen für sie frei, aber sie wurden kaum gebraucht. Wer noch einigermaßen jung und bei Kräften war, machte durch bis in den späten Sonntagabend.

In einem dieser prächtigen, nach alter Tradition angefertigten Kostüme, unter einer Maske, die das Gesicht versteckte, wurden auch Zaghafte kühn, taten es bald ihren erfahreneren Narrenbrüdern gleich, fielen in Kneipen und Häuser ein, pufften und kniffen, wer ihnen ein zu mißvergnügtes Gesicht machte, und küßten und drückten ausgiebig, wer ihnen gefiel. Ignaz seufzte. Es war eine herrliche Jagd gewesen, in den halbdunklen Gassen, über denen an von Wand zu Wand gespannten Leinen unzählige Stoffetzen hin-

108

gen, wo hinter Hauseingängen, auf Balkonen, an Treppengeländern mannsgroße, mit Lumpen ausgestopfte Puppen lehnten, die ungerührt wie stumme Geister oder Dämonen dem Treiben zusahen, hinter kreischenden Frauen und Mädchen herzurennen, um sie, wenn man sie gefangen hatte, zu einem Tanz auf der Straße oder, waren sie nicht zu unnachgiebig, zu noch mehr zu zwingen.

Ignaz konnte von hier oben die drei Pavillons im Stadtpark sehen, errichtet auf einer künstlichen Insel im Teich, die sonst den Wasservögeln vorbehalten und nur durch einen schwankenden Holzbohlensteg zu erreichen war.

Viele waren dort sicher hinübergekommen, die auf dem Rückweg mit dem kalten und von glitschiger Entengrütze überzogenen Wasser Bekanntschaft machen würden. Im ersten Pavillon, in dem rote Lichter schaukelten, gab es heißen Punsch, Waffeln und dick mit Zucker bestäubte Krapfen, im zweiten Ochsenfleisch am Spieß, dazu Bier und Wein, im dritten wurde zu den Klängen einer Kapelle getanzt. Überhaupt – Ignaz öffnete das Fenster und lehnte sich hinaus – summte und brummte es an allen Ecken, knarrten und rätschten die Holzinstrumente, die in der Fastenzeit die Glocken ersetzen mußten, krachten Böllerschüsse, schrien Kinder, denen man an diesem Tag erlaubt hatte, länger aufzubleiben.

Morgen würden von überallher die Fremden kommen und mit Fotoapparaten versuchen festzuhalten, was im Grunde nur noch ein Abklatsch dieser Nacht war. Sicher, diese fast grausame Fröhlichkeit würde immer wieder an manchen Stellen aufflammen, andere mit sich reißen und in diesen rauschartigen Taumel versetzen, in dem sich in dieser Nacht die ganze Stadt befand. Aber das eigentliche Fest war dann schon vorbei. Trotzdem war er froh, daß seine und Nikolaus' Schützlinge erst morgen kamen. Er wußte aus eigener Erfahrung, daß, wer eine feste Bindung eingehen wollte, in dieser Nacht kein Glück hatte, im Gegenteil, oft war da schon nach kurzer Zeit auseinandergegangen, was sich vorher für immer gefunden zu haben glaubte. Er zog noch einmal tief und voller Vorfreude die Luft ein und schloß das Fenster.

Kalt und klar brach der Morgen an. In der Nacht hatte es geschneit, für einige Stunden war Ruhe in den Straßen eingekehrt, und zwischen den stummen Puppen, die jetzt alle kleine weiße Hauben trugen, gingen nur die Kirchgänger über den mit Konfetti bestreuten Schnee. Gegen Mittag trafen die ersten Fremden ein, tauchten wieder Masken auf, hüpften schellenklingelnd und laut juchzend Hansele und Häs von einer Straßenseite zur anderen. Wurst- und Weinbuden im Schatten der Häuser wurden geöffnet, würziger Geruch nach gebratenen Würsten und Zwiebeln stieg auf, aus den überall angebrachten Lautsprechern kam Musik.

Das Frühstück war an diesem Morgen im Bürgerhospital recht hastig vor sich gegangen, im Gegensatz zu den übrigen Tagen, wo sie es so lang wie möglich hinauszuziehen versuchten.

Torsten war nicht dabei gewesen, aber er hatte Fine, die ihn in seinem Zimmer aufgesucht hatte, mit blassem und schmerzverzogenem Gesicht erklärt, daß er noch vor Mittag aufstehen würde. Niedergeschlagen war sie zu den anderen zurückgekommen, rührte keinen Bissen an, schüttelte nur traurig den Kopf, wenn man sie nach ihm fragte.

Während die anderen beim Gottesdienst waren, wurde er von den Styxen abgeholt. Fine, die sich hinter einem Schrank im Flur versteckt hatte, war mit ihnen ins Zimmer gestürzt und hatte sich vor sie ans Bett gedrängt, auf dem Torsten mit bläulich verfärbten Lippen und über dem Kopf verschränkten Armen lag. Durch den offenstehenden Mund atmete er keuchend ein, und es sah aus, als bekäme er nicht genug Luft.

Sie half ihn in die Decke wickeln und zog ihm Socken über seine eiskalten Füße. Wie mager er war. Er sah sie an, und sie konnte die Angst in seinem Blick erkennen, als die Styxe die Bahre hochhoben und ihn wegtrugen, den Gang hinunter durch die offene Tür in den Verwaltungsbau, wo sie die Bahre für kurze Zeit absetzten, um die verschlossene Tür, die auf die andere Seite führte, zu öffnen. Bis hierhin war Fine ihnen gefolgt, lange stand sie noch, auch als der Hall ihrer Schritte hinter der nun wieder geschlossenen Tür verklungen war.

Im Speisesaal, der erst nach dem Essen dekoriert werden sollte, stellte das Küchenmädchen die Teller auf den Tisch. Fine, die langsamen Schrittes zurückgekommen war, blieb unter der Tür stehen und sah ihr zu. »Vierzehn«, sagte sie, als das Mädchen den fünfzehnten Teller hinstellen wollte, »vierzehn, du dumme Kuh.«

Die anderen waren inzwischen aus der Kapelle entlassen worden und kamen, angeregt miteinander schwätzend, den Gang herunter. Ignaz, der ihnen voranging, hatte gehört, was Fine sagte. Er legte ihr einen Arm um die Schulter und blickte wie sie auf das zögernde Mädchen, das, den Teller immer noch in der Hand, nicht wußte, was es tun sollte. Er ließ Fine los, ging zu dem Mädchen, nahm den Teller und stellte ihn zurück in den Schrank. »Wenn sie's sagt, wird's schon stimmen«, sagte er ruhig, »geh nur, wir machen das fertig.«

Das Mädchen, froh, daß es in die Küche entkommen konnte, schob sich an Fine vorbei und verschwand.

»Sie haben ihn also geholt«, sagte Ignaz.

»Ja.«

»Wann?«

»Gerade eben.«

Er biß sich auf die Lippen und stieß wütend die geballte Faust in die Innenfläche der anderen Hand. »Ich hol ihn da raus«, sagte er. Die anderen, die sich stumm zu ihnen gesellt hatten, wisperten erschrocken.

»Wo ist Nikolaus?« fragte er.

»Er holt seine Nichte vom Bahnhof ab.«

Ignaz nickte. Mit auf dem Rücken verschränkten Armen und gesenktem Kopf lief er vor den beiden großen Fenstern, die auf die Stadt hinunterzeigten, hin und her. Keiner wagte ihn zu stören. Als er schließlich sprach, klang seine Stimme spröde und hell, ganz anders als sonst, und sie wußten, daß er dasselbe gedacht hatte wie sie. Waren sie vor wenigen Wochen noch ein kleiner Haufen alter Leute gewesen, von denen jeder für sich versucht hatte zurechtzukommen, wie es eben ging, so hatte ihr gemeinsamer Plan sie zusammengebracht und miteinander verbunden, daß, was nun einen von ihnen traf, sie alle traf. Torsten allein bei den Styxen sterben lassen hieß nicht, wie bisher, daß es einen weniger gab, es würde bedeuten, daß sie alle wieder allein sein würden, jeder für sich mit seiner Angst.

113

»Wir machen alles so, wie es ausgemacht war«, sagte Ignaz. »Nur mit einem Unterschied. Fine und ich werden erst später zu euch stoßen. Sorgt euch nicht mehr um Torsten. Sagt meinem Neffen, wenn er kommt, daß ich ihn in der Stadt treffen werde. Und jetzt eßt und laßt euch nichts anmerken.« Er nahm Besteck und Gläser aus dem Schrank und verteilte sie auf dem Tisch. Fine putzte sich energisch die Nase und folgte seinem Beispiel. Als das Mädchen mit der Suppe kam, saßen sie friedlich beisammen und unterhielten sich halblaut über das Wetter. Über ihren Gesichtern lag das milde Leuchten der Unschuld.

5

Durch den Haupteingang in das alte Krankenhaus zu kommen war unmöglich. Ignaz schickte Fine in Torstens Zimmer, damit sie warme Kleider und seinen Mantel holen sollte, und umwanderte den ganzen Komplex, um irgendwo eine undichte Stelle zu finden, durch die sie unbemerkt eindringen konnten.

Tatsächlich fand er auch nach langem Suchen ein Kellerfenster, dessen Scheibe zersplittert war, so daß er vorsichtig hindurchfassen und innen den Riegel herumdrehen konnte. Als das Fenster offen war,

114

steckte er den Kopf durch und spähte in den Keller. Gerümpel stand dort herum, alte Betten, Nachttische, die man oben im Krankenhaus nicht mehr gebraucht hatte. Er zog den Kopf wieder zurück und ging Fine holen. Er mußte nicht einmal besonders vorsichtig sein. Der Heimleiter hatte alle auf ihre Zimmer geschickt, damit er mit der Köchin und dem Mädchen in Ruhe den Speisesaal dekorieren konnte; wenn sie sich also immer auf der Rückseite des Bürgerhospitals hielten, konnte er sie nicht sehen.

Fine erwartete ihn schon, den Arm voll mit Torstens Kleidern. Als sie fragen wollte, legte er einen Finger auf die Lippen und zog sie hinter sich her. Sie schlichen dicht an der Mauer entlang durch den verschneiten Gemüsegarten bis zu dem offenen Kellerfenster. Fine blickte ängstlich die Fassade hoch. »Die Styxe«, flüsterte sie. Er zuckte die Achseln. Die Füße voran, schob er sich durch die schmale Öffnung und sprang innen auf den Boden. Ohne ein Geräusch zu machen, hob er mit beiden Armen einen der Nachttische hoch und stellte ihn unters Fenster. »Gib mir die Sachen«, sagte er leise. Sie gehorchte und kroch dann mit seiner Hilfe ebenfalls in den Keller. »Du wartest hier«, sagte er. Er zog seine Schuhe aus und öffnete vorsichtig die Tür. Er kam auf einen langen staubigen Gang, der nur dort beleuchtet war, wo eine offenstehende Tür spärliches Licht einließ. Der Gang mündete in eine Treppe. Lautlos stieg er die Stufen hinauf. Es war totenstill im Haus. Er hörte keine Stimmen, nicht das kleinste Geräusch. Auch oben schlich er den Flur entlang, legte sein Ohr an jede Tür, blickte durch die Schlüssellöcher. Manchmal sah er ein Stück von einem Bett, einen Nachttisch, einen Stuhl. An der Tür, die die Aufschrift Küche trug, war er besonders vorsichtig, aber auch hier hörte oder sah er niemanden. Waren die Styxe gar nicht da? War vielleicht Torsten auch schon wieder weg? Er vergaß seine Vorsicht, ging schneller und öffnete die Türen, an denen er nun vorbeikam. Am Ende des Flures, hinter der Abstellkammer und den Toiletten, fand er ihn schließlich in einem winzigen Zimmer. Als er die Tür aufmachte, gab es ihm einen Stich. Hier gab es nur ein Bett, das so stand, daß der darin Liegende, wenn er die Augen öffnete, unweigerlich auf ein riesiges Kreuz sehen mußte, das an der Wand hing. Torsten hielt die Augen geschlossen. Ignaz beugte sich über ihn und stieß ihn an. »Torsten«, flüsterte er, »wo sind die Styxe?«

»In der Stadt«, murmelte Torsten. Er blinzelte und drehte den Kopf zur Seite, damit er nicht auf das Kreuz blicken mußte. »Ich will hier weg, Ignaz«, sagte er, »ich will weg.« Er begann zu weinen. Ignaz ging auf den Flur hinaus und pfiff gellend auf zwei Fingern. Sollte das verdammte Schwein da drüben ihn doch ruhig hören. Er war jetzt soweit, daß er Torsten durch Sperrfeuer weggeschleppt hätte. »Fine«, brüllte er, aber da kam sie schon die Treppe hoch. Gemeinsam zogen sie Torsten an. Er war so schwach, daß sie ihm alles wie einem kleinen Kind überstreifen mußten. Zuletzt setzten sie ihm eine Mütze auf und wickelten einen Schal um den hochgestellten Mantelkragen.

»Wo willst du eigentlich mit ihm hin?« fragte Fine. Ignaz machte einen Knoten in den Schal und schüttelte den Kopf. »Wart's ab«, sagte er, »wart's nur ab.«

Sie brachten ihn nicht in den Keller, öffneten ein Fenster am Ende des Flurs und hoben ihn hinaus. »Er ist ja so leicht«, sagte Fine, als sie den Kranken zwischen sich nahmen, jeder einen seiner Arme über ihren Schultern. Langsam gingen sie auf einem geschlängelten Pfad, der sich von der Rückseite des Bürgerhospitals durch Gärten zur Stadt hinunterzog bis zu einer schmalen Fußgängerbrücke, wo sie den ersten Maskierten begegneten, die ihnen den Rat gaben, dem Opa nichts mehr zu trinken zu geben. Ignaz ging auf ihre Scherze ein. Ein angeheitertes Trio, wie es schien, bewegten sie sich durch die nun immer dichter werdende Menschenmenge, wurden angerempelt, wichen aus und landeten endlich an der Rückseite des GOLDENEN ADLERS.

Aufseufzend ließ Ignaz das schwarze willenlose Bündel auf eine Tonne gleiten, die dort stand. »Wie geht's dir, Torsten?« fragte er. Der Kranke, um den Fine jetzt beide Arme gelegt hatte, damit er nicht abrutschte, gab ein unverständliches Krächzen von sich. »Gleich haben wir's geschafft«, sagte Ignaz, »halt nur noch ein bißchen durch, dann geht's dir gut.« Er klopfte Konfetti, das man ihnen unterwegs nachgeworfen hatte, von seinem Mantel und strich sich über die Bartstoppeln, daß sie knisterten. »Wie sehe ich aus?« fragte er Fine. Sie hatte begriffen. »Gut«, drängte sie, »gut. Beeil dich.« Er nickte und ging von ihnen weg, um das Haus herum, das er, hochaufgerichtet und langsamen Schrittes, durch den vorderen Eingang betrat. An der Rezeption war niemand, aber aus der Gaststube drang Schellenklirren und das Geräusch vieler Stimmen. Also waren die Narren bis hierher vorgedrungen – um so besser. Er drückte ein paarmal auf die Klingel, die auf der Theke stand, und aus der Gaststube kam ein Mann in einer grünen Schürze, die den Aufdruck GOLDENER ADLER trug. Es war die Schürze, die Torsten vierzig Jahre lang getragen hatte. Ignaz straffte die Schultern. »Ich habe das Hochzeitszimmer bestellt«, sagte er, »und auch bereits bezahlt.«

»Auf welchen Namen?« fragte der Mann. »Der Chef ist im Moment nicht da, aber ich kann ja nachsehen.«

»Ignaz Kropf«, sagte Ignaz. »Hier ist die Quittung.«

»Das ist in Ordnung«, sagte der Hausdiener.

»Ich wollte es ganz sicher bekommen.« Er nahm den Schlüssel, den der Mann ihm reichte, und wandte sich zur Tür.

»Gepäck?« fragte der andere hoffnungsvoll hinter seinem Rücken.

»Nein«.

»Sowas«, sagte der Hausdiener und schüttelte den Kopf. Aber da er letzte Nacht nicht viel geschlafen und im Laufe dieses Tages bereits wieder einige Erfrischungen zu sich genommen hatte, verschwendete er keine weiteren Gedanken mehr an diesen seltsamen Gast und kehrte schleunigst in die Gaststube zurück, in deren Dunst er eintauchte wie in ein warmes Bad, das man für wenige Augenblicke hat verlassen müssen, um etwas Vergessenes zu holen.

Sie schafften Torsten unbemerkt durch den Lieferanteneingang die Treppe hoch in den ersten Stock, wo sie das Zimmer, sein Zimmer, schnell fanden. Sie schlüpften hinein und schlossen ab. Auch hier wurde der ganze Raum von einem Bett beherrscht, aber dies hier war ein mächtiges Himmelbett, das auf einem weichen, rotgrundigen Teppich stand, der wiederum zu den roten Vorhängen an den Fenstern paßte.

Sie setzten Torsten auf einen Stuhl und zogen ihn aus. Als sie ihn auf das frische weiße Laken unter die Decke legten, ließ er ein leises Stöhnen hören. Er schloß die Augen und öffnete sie wieder, sah auf den prunkvollen Betthimmel, die seidendurchwirkten Tapeten, Spiegel und Bilder. Ein ungläubiges Lächeln erschien auf seinem Gesicht. Fine, die keinen Blick von ihm gelassen hatte, ergriff Ignaz' Hand und drückte sie.

»Du bleibst bei ihm«, sagte Ignaz. »Ich muß mich jetzt um die anderen kümmern. Gib keine Antwort, wenn's klopft, und geh nicht ans Telefon. Ihr habt Zeit bis morgen früh.«

»Und wenn er nicht stirbt«, sagte sie, so leise, daß nur er es hören konnte. Ignaz runzelte die Stirn. »Wenn er auch nur ein bißchen Verstand hat«, gab er ebenso leise zurück, »stirbt er hier. Wo sonst, verdammt nochmal, könnt er's besser tun.« Er entfernte sich rückwärts gehend vom Bett, bis er an die Tür stieß. »Schließ hinter mir wieder ab«, sagte er. Bevor er ging, spähte er vorsichtig auf den Gang hinaus. Niemand war zu sehen. Erleichtert zog er die Tür hinter sich zu und verließ das Haus auf dem gleichen Weg, den sie mit Torsten genommen hatten.

6

Ignaz sah auf seine Uhr. Es war jetzt kurz nach zwei. Wenn alles nach Plan ging, würde Gruppe eins, die

seinen Neffen bei sich hatte, unter Eckberts Führung
jetzt das Bürgerhospital verlassen und in die Stadt
hinuntergehen, wo sie einen streng vorgezeichneten
Weg einzuhalten hatten, um nicht Gruppe zwei mit
der Nichte zu begegnen, die erst etwas später auf-
brechen würde. Hoffentlich klappte alles, auch wenn
er nicht von Anfang an dabei war. Er grinste. Waren
die beiden erst einmal ein Paar, würden sie ihm schon
verzeihen, daß er sie, um auch ganz sicher zu gehen,
mit einer Lüge angelockt hatte. Sowohl er als auch
Nikolaus – unter seiner Anleitung – hatten geschrieben, daß sie – in aller Heimlichkeit natürlich – doch
noch über ein kleines Vermögen verfügten, das sie
nun, alt und den Tod vor Augen, ihren einzigen Ver-
wandten übergeben wollten. Vielleicht wären die beiden auch so gekommen. Vielleicht. Er rieb sich die
Nase, und da er gerade an seiner Weinstube vorbeikam, beschloß er, ein Glas Rotwein zu trinken, einmal, um sich aufzuwärmen, und dann – er trat ein, zog
seinen Mantel aus, grüßte den Wirt mit einem Kopfnicken und setzte sich an seinen gewohnten Platz –
war ihm das mit Torsten doch nähergegangen, als er
vor Fine zugeben wollte. Auch wenn Torsten jetzt in
einem mit Seide überspannten Bett starb, blieb sein
Tod doch, was er an jedem anderen Ort gewesen
wäre, eine schreckliche und unabwendbare Sache, die
auch ihn anging.

Dankbar umfaßte er das Glas, das der Wirt ihm gebracht hatte, und schon der erste Schluck durchrann ihm kühl den Hals und füllte seinen Magen, da er am Mittag nicht viel gegessen hatte, mit wohliger Wärme. Hier, in der halbdunklen Weinstube, gab es nur wenig Gäste, Wein wurde heute auch draußen auf der Straße ausgeschenkt, billiger dazu, und der Wirt hatte als einer der wenigen, die der Karneval unberührt ließ, auf jede Dekoration verzichtet, so daß der Raum aussah wie immer. Nur ganz selten, wenn jemand die Tür öffnete, drang Lärm von der Straße herein, sonst hörte man nur das Ticken der großen Uhr, die gegenüber Ignaz' Stuhl an der Wand hing. Er geriet ins Träumen. Immer weiter glitten seine Gedanken mit dem Ticken der Uhr sein Leben zurück, bis er sich als Kind sah auf einer sumpfigen Wiese, in dem schlammigen Boden herumstapfend, der das Herausziehen und Hochheben der Füße immer schwieriger machte, so daß er es schließlich aufgab, den Kopf auf die Arme legte und einschlief.

Der Wirt ließ ihn schlafen, und so war es Nikolaus, der ihn überall gesucht und endlich hier gefunden hatte, der ihn wachrüttelte. »Ignaz«, rief er, »wach auf, es geht los.«

»Was?« fragte Ignaz, aus den Dämmerungen seines Traumes auftauchend, »was geht los?«

»Das Königsstechen.«

»Ah.« Er richtete sich auf. »Hat es geklappt?«

Nikolaus sah ihn schräg von der Seite an und lächelte. »Ja«, sagte er.

»Ihr habt ihnen also die Nummern zuschustern können?«

»Das war gar nicht nötig.«

»Wieso?«

Nikolaus lehnte sich im Stuhl zurück und faltete die Hände über dem Bauch. »Wann hast du deinen Neffen das letztemal gesehen?« fragte er.

»Als er sechs war, glaub ich.«

»Bei mir war es ähnlich.« Er nahm Ignaz' Glas und trank den Rest Wein, der darin war. »Jetzt komm schon«, drängte er. »Ich glaube, sie werden das Rennen machen.«

»Jetzt sag doch... was war mit den Nummern?«

»Er hat sie ihnen freiwillig gegeben. Völlig freiwillig.«

»Dieselbe Zahl?«

»Ja, warum nicht. Schließlich tragen sie ja die zueinander passenden Kostüme.« Plötzlich begann er zu lachen. Er schlug sich auf die Schenkel, hustete und rieb sich die Augen.

»Komm«, keuchte er, »dann wirst du sehen.«

7

Die frische Luft tat Ignaz gut, ohne doch die durch den Wein bei ihm erzeugte, immer noch halbschläfrige Stimmung ganz vertreiben zu können. Es war inzwischen schon leicht dämmrig geworden, Lampions und Laternen brannten wieder und gaben ein magisches Licht, das auch die Gesichter der Unmaskierten in bunte Farben tauchte. Alles, was unterwegs war, hatte eine Richtung, aus Seitenstraßen, Hauseingängen, Gasthäusern, Tanzsälen kamen immer mehr Leute und schlossen sich dem großen Strom an, der auf dem Marktplatz mündete.

Bald war der ganze Platz bis auf den letzten Winkel angefüllt mit Menschen. Sie standen und saßen, wo immer es nur möglich war, auf niederen Dächern, Fenstersimsen, Mauern und Bäumen. Einzig frei, erhöht und hell beleuchtet war das Podium, in dessen vier Ecken vier große Puppen lehnten, die, die Arme über das Geländer gelegt, ungerührt von Zurufen oder Bonbons und Luftschlangen, die man nach ihnen warf, ins Publikum starrten. Hinter dem Podium saß die Kapelle, in lange Flickenkleider gehüllte Männer, die mit den Füßen stampften, um sich zu erwärmen. Es lag eine große Spannung über dem ganzen Platz, und wären nicht die Masken und die Lichter gewesen, hätte man sich in die Zeit versetzt fühlen können, wo an dieser Stelle Hexen verbrannt worden waren. Vielleicht in Erinnerung daran trug der Mann, der jetzt die Bühne betrat, das rote, gezackte Gewand eines Henkers. Er breitete die Arme aus, und atemloses Schweigen senkte sich über die Menge.

»Alle Karten sind verteilt«, rief er mit weithin klingender Stimme, die von den Hauswänden widerhallte, »und ich hoffe, daß alle, die ich aufrufen werde, auch nach oben kommen. Denkt daran, daß ihr etwas gewinnen könnt, Leute, und daß zwei von euch König und Königin werden.«

Ignaz, der, neben Nikolaus eingeklemmt, auf den Zehenspitzen stand, um auch ja nichts zu versäumen, fragte aufgeregt: »Welche Nummer haben sie?«

»Die Siebzehn.«

»Ah.« Er ließ sich etwas zurücksinken und lehnte sich an seinen Hintermann, einen kräftigen Musketier, der seinerseits an einer üppigen Seejungfrau Halt fand.

»Numero eins«, rief der Mann auf der Bühne. Musik setzte ein, und unter dem erwartungsvollen Raunen des Publikums bahnten sich zwei Personen, das Schild mit ihrer Nummer hoch über den Kopf gehalten, den Weg zur Bühne. Der Mann war zuerst da. Er trug einen rot-weiß-gestreiften Strampelanzug, der zwischen seinen Beinen um die dünnen Schenkel schlotterte, um seinen Hals hing an einer Schnur ein großer Schnuller. Die Leute lachten, als sie ihn sahen, aber erst als sein weibliches Gegenstück auftauchte, begannen sie zu klatschen. Es war ein Riesenweib mit Häubchen und enorm ausgestopftem Busen, das jetzt die Treppe hochstieg, auf der Bühne sofort von dem erstarrten Säugling Besitz ergriff und ihn im Tanz herumschwenkte. Seine Nase steckte genau zwischen ihren Brüsten, und zum großen Vergnügen der Zuschauer stieß sie sie ihm bei jeder Drehung noch tiefer hinein. Es folgten weitere originelle Paare, ab und zu waren auch ein paar weniger lustige dazwischen, aber als das Paar mit der Nummer siebzehn das Podium erklomm, schien die Stimmung des Publikums ihren Höhepunkt zu erreichen.

Ignaz hatte sich nicht vorstellen können, was den beiden ohne das Zutun seiner Freunde zu einer Nummer verholfen hatte, aber als er sie jetzt sah, begriff er. Sie alle hatten sich beim Nähen der Kostüme ein schönes Paar vorgestellt. Nicht mehr ganz jung, aber stattlich und von normaler Größe. Der Mann und die Frau aber, die da jetzt unbeholfen und mit linkischen Bewegungen unter den Klängen der Kapelle aufeinander zu gingen, waren eher klein, er schmächtig, sie rundlich. Was die Zuschauer aber am meisten zum Lachen brachte, war der Gegensatz zwischen ihren prunkvollen Gewändern und ihrer so wenig majestätischen Haltung. Sein einfältiges erschrockenes Gesicht unter der goldenen Krone, die ihm dau-

ernd in die Stirn rutschte, und ihr fortwährendes ver-
legenes Zerren am Kleid, das an keiner Stelle richtig
saß, schien den Zuschauern ein köstliches, bewußt zu
ihrem Vergnügen ausgerichtetes Spektakel zu sein.
Und tatsächlich hätten auch zwei Schauspieler nicht
besser diesen Tanz eines denkbar wenig für die Rolle
eines Königs und einer Königin geeigneten Paares
darstellen können. Sie stolperten und schurrten ohne
jedes Taktgefühl auf den Bohlen umher, traten sich
gegenseitig auf die Füße und fielen, als der Tanz zu
Ende war und beide so schnell wie möglich ausein-
anderkommen wollten, übereinander auf den Boden,
weil jeder in der Eile den Mantelsaum des anderen
gerafft hatte. Unter dem donnernden Applaus des Publikums richteten sie sich wieder auf, blickten erschrocken um sich und verließen, so schnell sie nur
konnten, die Bühne. Auch Ignaz, den der Gedanke,
wieviel Geld und Arbeit sie in diese beiden Vogelscheu-
chen gesteckt hatten, keinen Augenblick schmerzte,
hatte Tränen gelacht. Sein und Nikolaus' Traumpaar
würden sie nicht werden, aber ein Preis war ihnen
sicher. Ein kleines Trostpflaster, wenn er ihnen später
erklären mußte, daß von einer Erbschaft, derentwegen
sie schließlich die ganze Mühe auf sich genommen
hatten, nicht die Rede sein konnte. Aber das war nur
eine der Unannehmlichkeiten, die er heute noch auf
sich zukommen sah. Wenn er nur an den Heimleiter

dachte, der im geschmückten Speisesaal schon seit Stunden auf sie wartete, an die Styxe, die vielleicht schon das leere Bett entdeckt hatten...Torsten und Fine. Als habe seine Gedanken sie herbeigerufen, spürte er jetzt Fines knochige Faust in seinem Rükken. Wie sie ihn unter den vielen Leuten gefunden hatte, war nur eine weitere der seltsamen Begebenheiten dieses Tages, über die er später nachzudenken noch Zeit genug haben würde. Er drehte sich um.

»Torsten ist tot«, sagte Fine. Er nickte und wandte sich an Nikolaus, der nichts gehört hatte und zur Bühne sah, wo das Paar mit der Nummer achtzehn vergeblich dem Erfolg seiner Vorgänger nachzueifern suchte.

»Nikolaus«, sagte er, »ich muß schon wieder weg.«

»Zu Torsten?«

»Ja.«

»Ist er...?« Sein Blick glitt zu Fine, die er erst jetzt bemerkte. Er senkte den Kopf. Ignaz nahm seinen Arm. »Bring du hier alles zu Ende«, sagte er. Noch einmal stellte er sich auf die Zehenspitzen, um einen letzten Blick auf das Königspaar zu erhaschen, das mit den anderen am Fuß der Bühne auf die Endausscheidung wartete. Aber er konnte nicht mehr erkennen als den goldenen Schimmer einer der Kronen, die Torsten mit so viel Liebe zusammengefügt und beklebt hatte.

Da sich alles auf dem Marktplatz eingefunden hatte, um das Königsstechen nicht zu versäumen, fanden Fine und er die Straßen verlassen und kamen gut voran. Auch im GOLDENEN ADLER begegnete ihnen niemand, Flur und Treppe waren leer, nur ein Hund, der das Kommen und Gehen von Gästen und Personal gewohnt war, lag in einer Nische und hob bei ihrem Vorübergehen gleichgültig gähnend den Kopf.

Oben zog Fine den Schlüssel aus der Tasche und öffnete die Tür. Sie hatte Torsten bereits wieder angezogen, mit Schuhen und in seinem dunklen Mantel lag er auf dem Bett, noch kleiner geworden schien er Ignaz zu sein, eine blasse, in zu weite Kleider gewickelte Puppe. Gemeinsam hoben sie ihn auf, nahmen ihn wie auf dem Herweg zwischen sich und schafften ihn aus dem Haus.

Es begann zu schneien. Die Arme des Toten rutschten einmal von Ignaz', einmal von Fines Schultern, und sie mußten immer öfter stehenbleiben, um ihn zurechtzurücken.

»Warum«, sagte Ignaz, »schleppen wir ihn eigentlich zurück? Wäre es nicht besser, wir setzten ihn auf eine Bank am Fluß? Ihm ist es jetzt sowieso egal, und wir bekommen keine Schwierigkeiten. Sie werden annehmen, daß er allein weggegangen ist.«

»Meinst du?«

»Ja. Und selbst wenn sie einen Verdacht haben, werden sie sich hüten, was zu sagen.«

Nun, da sie ein nahes Ziel vor Augen hatten, gingen sie langsamer, fast feierlich, denn das war, für sie beide jedenfalls, jetzt beinahe so etwas wie eine Beerdigung, sie brachten ihn zu seinem letzten Ruheplatz am Fluß, denn wenn er erst einmal gefunden und in die Leichenhalle überführt worden war, würden sie ihn nicht mehr sehen. Sie fanden eine Bank unter großen Kastanien, Fine wischte den Schnee ab, und sie ließen ihn vorsichtig niedergleiten, stellten seine Füße gerade nebeneinander und zogen ihm den Schal zurecht. Sein Gesicht war klein und still. Fine betrachtete ihn.

»Laß uns noch bei ihm bleiben«, sagte sie.

Sie setzten sich rechts und links neben ihn, so daß ihre Schultern seine Schultern berührten. Durch die großen entlaubten Bäume, die ihre Äste über sie streckten, fiel der Schnee, deckte allmählich Haare und Schultern zu. Auf der anderen Seite des Flusses, der kalt und grau in der Dämmerung lag, flammte in der Kapelle auf dem Drudenberg Licht auf. Immer wieder gab es welche, die, wenn unten die Stadt ihre sündigen Feste feierte, dort oben beteten.

»Zuletzt«, sagte Fine, »hielt er mich für Lilian Harvey.« Ignaz wandte den Kopf und erkannte in der immer stärker hereinbrechenden Dunkelheit, die bald nur noch von dem sanften Schimmer des Schnees aufgehellt werden würde, ihr Profil, die scharf gebogene Nase über dem eingefallenen Mund und das vorspringende Kinn, das sie den Hexen in Bilderbüchern ähneln ließ. Er lächelte nicht. »Warum«, sagte er und sah wieder geradeaus, »warum auch nicht.«

Gabriel

»... und über dir weht das Gras im Wind«
E. A. Poe

I

Gabriel blieb der Bissen im Hals stecken. Er hatte seine Schwiegermutter noch nie für sonderlich sensibel gehalten, aber das, was sie jetzt brachte, war doch zu stark.

Sie nahmen ihr gewohntes gemeinsames Sonntagsmittagessen ein, und da es ein schöner warmer Tag war, hatten sie den Tisch draußen unter der Ulme gedeckt. Ab und zu ein kleines Blatt in der Suppe oder ein Insekt in seinem Glas störten ihn nicht, aber das...

»Die Kinder«, sagte er warnend.

Sie hob den Knochen hoch, von dem sie gerade den letzten Rest Fleisch abgenagt hatte, und hielt ihn ihm anklagend entgegen. »Du selbst«, sagte sie, »hast gesagt, daß es nichts gibt, was deine Kinder nicht hören dürften. Was soll das also? Verderb ich dir den Appetit?«

Er blickte flehend zu seiner Frau hinüber, Lucy aber, die viel zu sehr damit beschäftigt war, ihren Jüngsten, der sich wieder einmal den Mund zu voll gestopft hatte, vor einem Erstickungsanfall zu bewahren, hatte gar nicht auf das Gespräch geachtet. So war es jeden Sonntag. Ihre ab und zu dazwischengestreuten Bemerkungen täuschten nicht darüber hinweg, daß sie die Gedanken hauptsächlich bei den Kindern und dem Essen hatte. Reichte es? War auch alles gelungen? Sollte sie nicht vielleicht doch...

Ergeben hob er die Schultern und tauchte den Löffel in die Nachspeise, von der er sich, einer stummen Abmachung gemäß, vor seiner Schwiegermutter eigentlich nichts auf den Teller tun durfte. Prompt traf ihn auch der Fuß seiner Frau unterm Tisch. Da paßte sie auf! Er zog sein Bein zurück und begann zu essen.

»Sie lag auf dem Bauch«, fuhr seine Schwiegermutter fort, zu sehr von ihrer Geschichte gefangengenommen, um seinen Faux-pas sofort zu bemerken, »die Haare ausgerissen und das Gesicht zerkratzt. Und so wahr ich hier sitze, es ist wirklich und wahrhaftig passiert, nicht im Mittelalter, sondern vor drei Wochen. Meine Freundin, die im Nachbardorf lebt, hat es mir erzählt. Die ganze Gegend dort stand Kopf.« Sie zog die Schüssel mit dem Nachtisch zu sich her und gab ein vorwurfsvolles »tz tz« von sich, als ihr Auge auf die von ihm ausgelöffelte Kuhle fiel.

»Warum war sie zerkratzt, Omi?« fragte Philipp. Er war der Liebling seiner Großmutter, ein magerer Junge von zwölf Jahren, der eine randlose Brille trug, die ihn noch mehr nach Stubenhocker aussehen ließ, als er es ohnehin schon war.

»Stell dir vor«, sagte sie, den Mund voll rosafarbenem Pudding, »du wachst auf. Es ist stockfinster. Du streckst dich, hebst die Arme und stößt auf etwas Hartes.« Sie schluckte, fuhr sich mit der Zungenspitze über die Lippen und schloß die Augen. »Halb benommen, begreifst du immer noch nicht und versuchst dich zu erinnern. Diese Frau ist bei der Geburt ihres Kindes gestorben. Woran sie sich also beim Aufwachen erinnert, sind die Schmerzen, die sie auszuhalten hatte, die Hektik der Leute um sie herum, als die Lage sich zuspitzt, und schließlich das wohltätige Versinken in einen Zustand, den die anderen für ihren Tod hielten. Nun begreift sie. Man hat sie lebendig begraben. Sie fühlt das Polster, auf dem sie liegt, das Hemd, das sie anhat, die Blumen auf ihrer Brust. Sie schreit – sie dreht sich auf den Bauch, auf den Rücken, wieder auf den Bauch. Sie versucht den Sarg aufzustemmen. Schließlich reißt sie sich die Haare aus und zerkratzt sich, da sie keine anderen Waffen hat als ihre Hände, Gesicht und Schultern. Ich frage mich... Was fehlt dir, Gabriel?«

Die Hand an der Kehle, mühsam einen Brechreiz

unterdrückend, starrte er sie an. »Nichts«, sagte er, »nichts.«

Er wäre gern aufgestanden und weggegangen, aber eine schreckliche, von Angst erfüllte Neugier hielt ihn wie festgenagelt auf seinem Stuhl. Wie von weither hörte er die Stimme seines Sohnes.

»Woher weiß man das alles? Hat sie jemand rufen hören?«

»Niemand hat sie gehört. Das Kind starb zwei Tage nach ihrem Begräbnis, und da man es zu ihr in den Sarg legen wollte, wurde sie wieder ausgegraben. Der Totengräber, der sie als erster sah, war anschließend acht Tage lang betrunken.«

»Das kann ich verstehen«, sagte Philipp ernsthaft. Er war, und das verband ihn mit seiner Großmutter, obwohl es ihm nicht an Phantasie fehlte, in vielen Dingen von einer fast unmenschlichen Kälte. Er konnte verstehen, daß dieser Vorfall einen Menschen aus der Bahn werfen konnte, war sich aber im gleichen Augenblick sicher, daß er in derselben Situation niemals den Kopf verlieren würde.

»Ich«, erklärte er, »wenn ich in einem Sarg aufwachen würde, würde nicht schreien und mich zerkratzen. Das ist würdelos.« Gabriel begann nervös zu kichern, hörte aber unter dem warnenden Blick seiner Frau sofort wieder damit auf.

»Was würdest du tun, mein Junge?« fragte die

alte Dame. Lichtkringel fielen durch das Blätterwerk der Ulme, die sie vor der Sonne schützte, über den Tisch und die Personen, die an ihm saßen. Sie hätten, für einen uneingeweihten Zuschauer, die Vorlage eines Gemäldes abgeben können. Essen auf dem Lande. Zauberhafte Reflexe in warmem grünen Licht. Erhitzte Gesichter. Patrick, der gerade drei geworden war, und Melanie, die Fünfjährige, patschten sich gegenseitig Pudding in die Haare. Lucy, die wie immer nur mit halbem Ohr zugehört hatte, versuchte sie zu trennen.

Philipp blies seinen Brustkorb auf und steckte beide Daumen hinter die Hosenträger. »Ich würde auf dem Rücken liegen bleiben und warten, bis ich erstickt bin. Das kann nicht lange dauern. Es gibt ja nur die Luft im Sarg, durch die Erde kommt nichts durch. Ich schätze, in zehn Minuten ist alles überstanden.«

»Sag das nicht, mein Junge, sag das nicht.« Sie hob belehrend ihren Löffel. »Ein Sarg ist ganz schön groß, es könnte auch zehn Stunden dauern.«

Zehn Stunden. Gabriel stand auf und lief nach hinten in den Garten. Unter einem Goldregenstrauch, dessen weit herabreichende Zweige ihn vor den Blicken der anderen verbargen, konnte er sich endlich übergeben.

Gabriel, der Zahnarzt war, hatte seine Praxis in einer wenig ansprechenden Gegend, in der Nähe des städtischen Schlachthofs. An manchen Tagen, wenn der Wind das Brüllen des Viehs bis zu ihm herübertrug, schloß er die Fenster.

Am Anfang, als er sich dort niedergelassen hatte, glaubte er, es sei nur für die paar Monate, bis die Miete einer Praxis in der Innenstadt für ihn erschwinglicher wurde, jetzt aber saß er schon fünfzehn Jahre hier, und er war sich sicher, daß sich nichts mehr daran ändern würde.

Er war, so merkwürdig das auch klingt, zu gründlich, um jemals auf einen grünen Zweig zu kommen. Es gab Tage, da holte er eine Füllung drei- oder viermal wieder heraus, bis er zufrieden war – berechnen konnte er aber nur eine. Er war ein Tüftler, voller Skrupel, keiner von diesen erfolgreichen Zahnärzten in der Stadt, die zwei Behandlungszimmer und ein halbes Dutzend Hilfen hatten, mit flatterndem Kittel zwei Patienten auf einmal abfertigten und zu allem Überfluß auch noch von den Labors besser bedient wurden als er, weil sie die größeren Aufträge gaben.

An diesem Montagmorgen, als er langsam am Schlachthof vorbeifuhr, um dann rechts in die Straße einzubiegen, in der sich, im untersten Stock eines

Mietshauses seine Praxis befand, fühlte er sich miserabel. Die letzte Nacht hatte er kein Auge zugemacht. Mit über der Brust gekreuzten Armen hatte er im Bett gelegen, den Kopf zum Bersten angefüllt mit der Vorstellung vom Kampf dieser ihm unbekannten jungen Frau zwei Meter unter der Erde. Alles, was ihm früher Angst gemacht hatte, erschien ihm nun lächerlich gegen die Qualen des Lebendigbegrabenwerdens. Und es gab nichts, was ihn davor schützen konnte. Seine Frau würde ihn nie verbrennen lassen, auch wenn sie es vorher fest versprochen hatte. Und wenn es nun wirklich so war, wie die, die man rechtzeitig gerettet hatte, berichteten, daß ein Scheintoter alles um sich herum mitbekam, ohne sich bewegen oder sprechen zu können, so konnte er sich gut vorstellen, wie er bei seiner Begräbnisfeier noch voll Hoffnung darauf warten würde, daß der Sarg nach den Worten des Priesters nach hinten rollen und mit ihm im Feuer verschwinden würde, ein Gedanke, der ihm jetzt geradezu paradiesisch vorkam. Was aber, wenn er sich nach vorn bewegte, auf den schwankenden Schultern der Träger der unerbittlichen Grube zu, in der sich seine Starre erst in dem Augenblick lösen würde, wo Hilfe nicht mehr zu erwarten war?

Vielleicht waren alle, die starben, wenn sie nicht gerade erstochen, vergiftet, von einer Brücke gesprungen oder sonst gewaltsam umgekommen waren, nicht richtig tot. Vielleicht wachten alle noch einmal auf, manche sogar mehrmals. Woher wollte man wissen, daß es nicht so war? Die wenigsten Gräber wurden wieder geöffnet, was sich da abspielte, blieb verborgen, und während über der Erde die Menschen ihrem alltäglichen Leben nachgingen, sich ärgerten, weil es regnete oder das Waschbecken verstopft war, wurden nur wenige Meter von ihnen entfernt andere zu Bestien, die sich selbst zerfleischten.

Er hielt vor der Praxis, drehte die Scheibe herunter und zündete sich eine Zigarette an. Die Birken, die man in den Rasen vor das Haus gepflanzt hatte, trugen das erste grüne Laub. Wie sehr hatte er auf diesen lange verzögerten Frühling gewartet. Jeden Tag war er in den Wald hinter seinem Haus gegangen, hatte die beinahe unmerklichen Veränderungen beobachtet, hätte am liebsten manchmal vor Ungeduld das Gras aus dem Boden stampfen und die Knospen aus den Bäumen prügeln mögen.

Er zerdrückte die Zigarette im Aschenbecher und stieg aus. Die Sprechstundenhilfe war noch nicht da. Er schloß die Tür zur Praxis auf, trat ein und ließ sie hinter sich wieder ins Schloß fallen. Es roch nach Desinfektionsmitteln und den Rosen, die er in dem kleinen Wohnzimmer auf dem Tisch stehen hatte. Obwohl es Treibhausblumen waren, dufteten sie.

Zum Glück kam Lucy, der er nie Blumen schenkte, nur selten in die Praxis. Er brauchte die Blumen, wie er auch bei der Arbeit bestimmte Musik aus dem Radio brauchte, mochten seine Patienten das auch komisch finden. Er zog überall die Rolläden hoch. Es gab ein Behandlungszimmer, ein Wartezimmer, das Wohnzimmer, und da das Ganze eigentlich als Wohnung gedacht war, eine kleine Küche und ein Bad.

In der Küche hatte er den Röntgenapparat installieren lassen. Er fuhr mit dem Finger prüfend über dessen glänzende Oberfläche. Sauber mußte er sein. Alles mußte spiegeln vor Sauberkeit. Er konnte mitten in einer Behandlung unterbrechen, wenn er auf einer der Armaturen einen blinden Fleck bemerkte, um die Sprechstundenhilfe dann so lange reiben und polieren zu lassen, bis alles wieder glänzte.

Das Fenster des Behandlungszimmers blickte auf einen Hinterhof hinaus, auf dessen gegenüberliegender Seite sich ein Mietshaus des gleichen Typs befand. Loggia reihte sich an Loggia und zeigte, wie winzig die Wohnungen eigentlich waren. Dafür waren sie auch nicht teuer. Er verschränkte die Hände auf dem Rücken und sah hinüber, wie er es oft tat, wenn er auf die Wirkung einer Spritze oder das Trocknen einer Füllung wartete. Wäsche hing auf den Balkonen, Frauen kamen ab und zu, schüttelten ein Staubtuch oder einen Besen aus. Hinter ihm ging im Flur die Tür. Seine Sprechstundenhilfe kam atemlos wie jeden Montag herein, streifte ihren Mantel ab und zog den weißen Kittel über.

»Morgen«, sagte sie, »'tschuldigen Sie, daß ich zu spät komme.«

»Schon gut«, sagte er. Drüben kam eine junge Frau im Schlafanzug an eines der Fenster und reckte die Arme. Wie schön hätte der Tag werden können, ohne das verdammte Mittagessen gestern. Alles hatte seine Ordnung gehabt. Es ging ihm gut, er war im großen und ganzen zufrieden, es war endlich Frühling, und da mußte das passieren. Tränen brannten unter seinen Lidern. Er drehte sich abrupt um und ging zum Schreibtisch.

3

Der Vormittag verlief wie die meisten Vormittage sonst auch. Gegen elf flüsterte ihm die Sprechstundenhilfe zu, daß seine Schwiegermutter im Wartezimmer saß. Sie tauchte immer wieder mal auf, ließ sich dies und jenes richten und nörgelte an seiner Arbeit herum – ohne zu bezahlen, versteht sich. Er lächelte grimmig.

»Lassen Sie sie warten, bis alle weg sind«, sagte er. »Vielleicht gibt sie auch vorher auf.«

Das tat sie nicht. Kurz vor zwölf rauschte sie herein, beleidigt, weil er sie so lange hatte warten lassen, und erstieg den Stuhl. »Wo fehlt's?« fragte er gleichgültig, ohne sie anzusehen, und ließ sie langsam in eine fast waagrechte Stellung gleiten. »Die Brücke«, sagte sie, »die du gemacht hast, sitzt einfach nicht. Sie drückt und klemmt und zwickt. Ich kann kaum damit essen. Du mußt sie umarbeiten.«

Das wäre nun schon das dritte Mal. Er griff ihr in den Mund, löste die Prothese mit zwei geschickten Griffen von den restlichen Zähnen, die ihr als Stütze dienten, und hielt sie ins Licht. »Was willst du«, sagte er, »es ist tadellose Arbeit. Dein Zahnfleisch muß sich eben dran gewöhnen. Du darfst sie vor allem nachts nicht rausnehmen.«

»Tu isch ja gar nischt«, zischte sie, »esch ischt Pfusch, gib doch zu, dasch esch Pfusch ischt.« Die Sprechstundenhilfe tat, als habe sie nichts gehört, und rieb mit dem Ärmel ihres Kittels über den Rand des Porzellanbeckens, in dem ein kleiner Wasserstrahl sanft und gleichmäßig gurgelnd in einem Loch verschwand.

»Pfusch, aha.« Er legte die Prothese zur Seite und stand auf. »Dann werden wir eben noch einmal einen Abdruck machen.«

Er rührte ein rosa Pulver in einer Schüssel zu Brei an, den er in einen silberfarbenen Löffel füllte. »Mach den Mund auf, weiter... so ist es gut, ja.« Er drückte den Metallöffel mit aller Kraft gegen ihren Oberkiefer, während er mit der anderen Hand von oben ihren Kopf abstützte. »Fräulein Nagel«, sagte er dabei, »Sie können ruhig schon mal gehen. Das schaff ich alleine. Bis zwei, ja?« Die Sprechstundenhilfe nickte dankbar und ging hinaus. Als er die Tür hinter ihr ins Schloß fallen hörte, ließ er seine Schwiegermutter los und lehnte sich behaglich seufzend zurück. Sie lag flach auf dem Rücken, die Hände über dem Bauch gefaltet, aus ihrem Mund, der mit dem rosa Brei gefüllt war, wie gestern mit dem rosa Pudding, ragte der Löffelstiel. Er stand auf. Sie gab ein unverständliches Gurgeln von sich und folgte ihm mit den Augen, wie er ans Waschbecken ging, gründlich seine Hände säuberte und sich im Spiegel betrachtete. Er sah schlecht aus, natürlich sah er schlecht aus, und es würde von Tag zu Tag schlimmer werden, weil er keine Nacht mehr schlafen würde. Er war ein Mensch mit zuviel Phantasie. Vielleicht war er auch krank, in dieser Hinsicht einfach krank. Er trocknete umständlich seine Finger ab und schob dabei die Haut an den Fingernägeln zurück. Seine Schwiegermutter gurgelte noch lauter und deutete mit heftigen Bewegungen auf ihren Mund. Er trat neben sie und blickte auf sie hinunter. »Du«, sagte er ruhig, »bist ein Mensch ohne Phantasie. Du kennst nur, was du am eigenen Leibe erfährst. Du hättest gestern deinen Mund halten sollen. Der liebe Gabriel wird ganz böse, wenn man ihn aufregt. In zwei…« er sah auf die Uhr, »nein, schon in anderthalb Stunden bin ich wieder da. Versuch durch die Nase zu atmen und bleib ganz ruhig, sonst erstickst du noch.«

Sie richtete sich langsam auf und wandte sich ihm zu. Ihre Augen funkelten. Er trat den Rückzug an. »Zehn Stunden dauert's jedenfalls nicht«, sagte er, schon im Flur. Er streifte seinen Kittel ab, hängte ihn an die Garderobe und ergriff die Flucht.

4

Er fuhr nicht wie sonst nach Hause, sondern wanderte zu Fuß durch die Straßen, erst ziellos mal hier-, mal dorthin, aber schließlich, mit einem fast wollüstigen Schauer, weil er sich endlich nicht mehr dagegen sträubte, wandte er sich in Richtung Friedhof.

Er lag, da es um die Mittagszeit war, verlassen unter der Sonne. Tulpen, Hortensien und der erste Flieder standen auf den Gräbern, es roch nach frischgeschnittenem Gras und welken Blumen. Immer war ihm der Friedhof als ein Ort der Ruhe erschienen, ähnlich seiner vagen Vorstellung vom Tod, an den zu denken er sich nie gefürchtet hatte, aber jetzt, als er durch die Grabreihen schritt, schnürte ihm wieder Angst die Kehle zu, und es gab nichts, was ihn beruhigen konnte. Ein Brunnen, der irgendwo plätscherte, die Vögel, die in den Bäumen sangen, die fernen Geräusche der Stadt, all diese alltäglichen Eindrücke nahm er wahr, ohne ihnen weiterhin Glauben zu schenken. Ruhe und Frieden waren eine einzige grauenhafte Lüge.

Er beugte sich über ein frisches, mit Blumen und Kränzen überhäuftes Grab und lauschte. Nichts. Absolute Stille. Als er sich wieder aufrichtete, wurde ihm schwarz vor den Augen. War es nicht, wenn ihn das alles so mitnahm, möglich, daß er allein durch die seelische Anspannung in diese totenähnliche Starre fiel, die er so fürchtete? Gab es nicht Beispiele genug, daß Angst allein genügte, einen gefürchteten Zustand herbeizuführen? Er erinnerte sich an den Mann, der, aus Versehen in einem Kühlwagen eingeschlossen, erfroren aufgefunden worden war, obwohl die Kühlanlage außer Betrieb war. Und wie war das mit dem Studenten gewesen, der den Scherz seiner Freunde mitmachte, hinter einem Vorhang versteckt seine Hände vorstreckte, über deren Gelenke sie mit der Rückseite eines Messers fuhren, um dann lauwarmes Wasser darüberfließen zu lassen? Er war tot mit allen Symptomen eines Ausgebluteten hinter dem Vorhang zusammengesunken, ohne auch nur einen Tropfen Blut verloren zu haben.

Er verließ den Friedhof und blieb, ein paar Meter vom Haupteingang entfernt, vor dem Fenster eines Bestattungsunternehmens stehen, in dem ein Sarg ausgestellt war. Der Deckel lag daneben, damit man Polster und Kissen sehen konnte. Welch ein Aufwand für die Würmer. Er wandte sich zur Tür und drückte die Klinke herunter. Die Tür schwang auf, kühle Luft drang aus dem halbdunklen Raum und ließ ihn erschauern. Eine Glocke schlug an, und aus einem mit einem Vorhang vom Hauptraum abgeteilten Nebenzimmer kam ein kleiner Mann, der einen Anzug trug, dessen Schnitt alt und längst überholt wirkte.

»Guten Tag«, sagte er, »womit kann ich dienen?«

Als Gabriel nicht gleich antwortete, legte er den Kopf auf die Seite und blickte ihn von schräg unten bekümmert an.

»Ein Trauerfall, der Herr?« fragte er. Seine Stimme klang leise, als wäre sie durch den fortwährenden Gebrauch der immer gleichen Worte allmählich abgeschabt worden, wie es der Stoff seines Anzugs schon an vielen Stellen war.

Gabriel schüttelte den Kopf. »Eigentlich nicht«, sagte er. »Der Sarg. Dürfte ich den Sarg mal sehen?«

Der kleine Mann schien erstaunt, trat aber sofort höflich einen Schritt zur Seite und gab den Weg zum Sarg frei. Gabriel kam langsam näher. Mühsam unterdrückte er das Zittern seiner Hände, als er das Holz, die Beschläge, den Stoff betastete. »Gute Arbeit«, sagte er, nur um etwas zu sagen, und der Begräbnisunternehmer nickte. »Er ist unser Standardmodell«, sagte er, »aber wir haben auch noch andere am Lager. Auch die Farben der Polster variieren. Was nun die Kissen und die Hemden angeht…«

»Nein«, Gabriel hob die Hände, »ich habe nur eine Bitte, dürfte ich«, und nun flüsterte er beinahe, »dürfte ich ihn vielleicht einmal ausprobieren?«

»Sie meinen…?«

»Hineinlegen«, sagte Gabriel.

Der kleine Mann blickte ihn prüfend an, aber plötzlich ging ein Aufleuchten über sein Gesicht. »Ach so«, sagte er, »ich verstehe. Selbstverständlich.« Er ging zur Tür und drehte den Schlüssel um, hakte dann rechts und links vom Fenster die langen schwarzen Vorhänge aus ihren Halterungen und zog sie so weit zu, daß nur noch ein schmaler Streifen Licht über den Sarg fiel. »Bitte, bedienen Sie sich«, sagte er dabei, »Sie werden sehen, daß Sie gut liegen. Aber die Überführung ist doch Sonntagabend, wie immer? Oder hat sich da etwas geändert?«

»Nein«, sagte Gabriel. Er begriff nicht, aber das

147

spielte im Moment keine Rolle. Mit geradezu unziemlicher Eile, als habe er vor, in ein heißes Bad und
nicht in einen Sarg zu steigen, streifte er seine Schuhe
ab und kletterte in den Sarg. Er legte sich lang ausgestreckt auf den Rücken, faltete die Hände über der
Brust und schloß die Augen. Mit einem tiefen Seufzer spürte er, daß er zu zittern aufhörte und die Anspannung ihn verließ. Er lag weich und gut. Rechts
und links stießen seine Schultern gegen das Polster.
Er spielte mit seinen Zehen, konnte aber unten das
Fußende nicht erreichen.

»Wie lange«, fragte er, »denken Sie, wird die Luft
reichen, bis man hierin unter der Erde erstickt ist?«

»Ich weiß, daß diese Frage Sie sehr bewegt«, sagte
der kleine Mann, »aber um ehrlich zu sein habe ich
mich noch nicht damit befaßt. Die Herrschaften, die
ich sonst in einen Sarg zu legen habe, stellen keine
Fragen mehr.« Dieser Anflug von Humor war für
ihn anscheinend so ungewöhnlich und schwächte ihn
derart, daß sein anfängliches Kichern in einem Hustenanfall endete. Gabriel richtete sich auf. »Woher
wissen Sie das?« fragte er.

»Was?«

»Daß mich das interessiert?«

»Nun«, sagte er, »zuerst einmal haben Sie mich gefragt, nicht wahr? Und dann hat Ihr Meister mir dies
und jenes erzählt. Ich gratuliere Ihnen, daß Sie Stufe

drei erreicht haben. Allerdings«, er schüttelte den Kopf, »sind Sie der erste, der den Sarg vorher ausprobiert. Das war nicht abgemacht, aber ich werde es natürlich auf keinen Fall extra berechnen. Bei so guten Kunden.« Er reichte Gabriel die Hand und half ihm heraus. »Bis Sonntag also?« fragte er. »Punkt sieben Uhr, wie immer?«

»Bis Sonntag«, antwortete Gabriel. Er kniete auf dem Boden, um seine Schnürsenkel zu binden, betrachtete dabei die blankgewichsten schwarzen Schuhe des kleinen Mannes, die sich dicht vor seinen Augen befanden, und fragte sich, wer von ihnen beiden nun verrückt war. Heute war Montag. In sechs Tagen würde er es vielleicht wissen. Oder auch nicht. Er erhob sich und ging zur Tür. Der kleine Mann kam ihm zuvor, drehte den Schlüssel herum und öffnete.

»Auf Wiedersehn«, sagte er höflich und verbeugte sich ein wenig.

»Wiedersehn«, sagte Gabriel.

5

»Mutter hat uns enterbt«, sagte Lucy. Sie hatte schon unter der Tür auf ihn gewartet und zog ihn, als er die Treppe heraufgekommen war, hastig ins Haus.

Sie hatte rotverweinte Augen, und einen Moment spürte er einen Anflug von Bedauern, der sich sofort wieder legte, als er im Hintergrund des Wohnzimmers, beleidigt auf einem Sessel thronend, seine Schwiegermutter erkannte.

Er zog seinen Mantel aus und hängte ihn sorgfältig über einen Bügel. Seine Frau folgte ihm, als er, um Zeit zu gewinnen, ins Bad ging und umständlich seine Hände wusch. Sie reichte ihm das Handtuch und beobachtete ihn im Spiegel. Er begegnete ihrem Blick und hob resigniert die Schultern.

»Es war ein Mißverständnis«, sagte er. Die Lüge ging ihm so glatt von den Lippen, daß er selbst erstaunt war. »Ich bin nur weggegangen, um eine Kleinigkeit zu besorgen, und als ich zurückkam, war deine alte Dame verschwunden, hat sich einfach in Luft aufgelöst, mitsamt meinem Löffel und dem Abdruck.«

»Sie ist so durch die halbe Stadt gelaufen.«

»Was du nicht sagst.« Das hatte er ihr gar nicht zugetraut. Er nahm eine Pinzette und begann Haare aus seiner Nase zu zupfen.

»Gabriel!«

»Ja?«

»Sie ist zu Doktor Wolf gegangen. Sie ist mit einem ganzen Schwanz von Leuten erst durch sein Wartezimmer und dann zu ihm hineinmarschiert. Sie hat den Mann, den er gerade in Behandlung hatte, aus dem Stuhl gezerrt und sich hineingesetzt. Und dabei soll sie die ganze Zeit geknurrt haben, wie ein…«

»Orang-Utan?« sagte er.

Seine Frau setzte sich auf den Rand der Badewanne und begann wieder zu schluchzen. »Philipp hat mir's erzählt«, sagte sie, »er ist ihr auf der Straße begegnet und ist ihr nach, zusammen mit anderen Kindern aus seiner Schule. Doktor Wolf dachte zuerst, sie wäre verrückt oder sowas. Er versuchte, aus dem Fenster zu klettern.«

»Und?« Er konnte Wolf, der eine gutgehende Praxis mitten in der Stadt hatte, nicht ausstehen, hielt ihn für einen Pfuscher, dem nur daran lag, schnell Geld zu machen.

»Sie hat ihn zurückgeholt und soweit gebracht, daß er ihr den Löffel aus dem Mund nahm. Dadurch, daß sie selbst vorher ein paarmal daran gezerrt hat, sind dann noch zwei Zähne abgebrochen. Wolf war furchtbar wütend. Er hat schon zweimal hier angerufen, in der Praxis warst du nicht zu erreichen.«

»Ich hatte eine schwierige Präparation«, sagte Gabriel, »du weißt, daß wir uns dann nicht ums Telefon kümmern.«

»Und warum bist du nicht zum Mittagessen gekommen?«

Er legte die Pinzette weg und wandte sich ihr zu. »Lucy, das kann ich dir einfach nicht erklären. Es hängt mit dem zusammen, was sie gestern erzählt hat. Mit der jungen Frau, die man... Macht es dir keine Angst? Ich meine...mußt du nicht dauernd daran denken, daß dir dasselbe zustoßen könnte?«

Sie hörte auf zu weinen und rieb sich die Augen. »Nein«, sagte sie, »wieso denn? Erstens ist es vielleicht gar nicht wahr, und selbst wenn es wahr ist, passiert es äußerst selten. Ich hab an anderes zu denken als an so was. Wirst du dich bei ihr entschuldigen?«

»Ja«, sagte er.

Sonntag um sieben. Er drückte seine Fingerspitzen gegen die Schläfen und holte tief Luft. Was auch immer dann passieren mochte, es würde ihm weiterhelfen. Es war schwer zu begreifen, aber tatsächlich hatte es heute nur wenige Minuten gegeben, in denen er sich wohl gefühlt hatte, und das war der Augenblick im Sarg.

Er folgte Lucy langsam ins Wohnzimmer und konnte zum erstenmal voll nachempfinden, was König Heinrich auf dem Weg nach Canossa wohl so alles durch den Kopf gegangen war.

6

Da es Sonntagabend, warm und bis zur Schließung des Friedhofs noch Zeit war, gab es genug Leute auf den Wegen, die ihn erkennen konnten. Mit gesenktem Kopf lief er die breite Allee zum Haupteingang hinauf, um niemanden sehen zu müssen. Nicht, daß er ein schlechtes Gewissen gehabt hätte, was er vorhatte, konnte keinem schaden, außer ihm, aber er fürchtete, da es schon Viertel vor sieben war, aufgehalten zu werden und zu spät zu kommen. Konnte man jemandem, der einen freundschaftlich am Rockaufschlag festhielt, um einen kleinen Schwatz zu halten, sagen, daß man es eilig hatte, in seinen Sarg zu kommen? Kaum. Er war froh, als er die Tür des Bestattungsunternehmens nur angelehnt fand, schlüpfte schnell hinein und zog sie hinter sich zu.

»Sind Sie's?« rief eine Stimme aus dem Nebenraum.

Er nickte erst, räusperte sich dann und gab ein heiseres »Ja« von sich. Der kleine Mann tauchte hinter dem Vorhang auf, drückte ihm im Vorübergehen schnell die Hand und verschloß die Tür. Das Fenster war, was Gabriel von außen gar nicht aufgefallen war, bereits verhangen.

»Gehen wir nach nebenan«, sagte der Mann. Er nahm Gabriel behutsam am Ellbogen und schlug den Vorhang für ihn zurück. Dieser Raum, kleiner als der vorherige, war ringsherum bis an die Decke mit Regalen verkleidet, in denen Zubehör für Bestattungen aller Art gestapelt war. Gabriel sah Kerzen und Decken, Kissen, Hemden, künstliche Blumen. Fröstelnd krümmte er den Rücken. Durch eine Tür, die auf einen engen Hof hinausführte und die offen stand, um die warme Luft des lauen Abends einzulassen, erblickte er einen Leichenwagen. »Es ist alles vorbereitet«, sagte der kleine Mann, der seinem Blick gefolgt war, »wie fühlen Sie sich?«

»Gut«, sagte Gabriel, »ganz gut.«

»Dann wollen wir uns beeilen.« Er nahm ein weißes, mit Spitzen besetztes Hemd aus einem der Fächer und drückte es Gabriel in die Hand. »Ziehen Sie Ihr Hemd und den Anzug aus. Ich lege die Sachen in den Wagen.«

Gabriel zog mechanisch Jacke, Hemd und Hose aus und reichte sie dem Bestattungsunternehmer, der alles sorgfältig zusammenlegte und in eine Tüte steckte. Das weiße Hemd fühlte sich steif an; als er es über den Kopf zog, klopfte es draußen an die Tür. »Pscht«, flüsterte der kleine Mann, »ich bin nicht da.« Er half Gabriel die Knöpfe schließen und zupfte an Kragen und Ärmeln. »Sitzt gut«, flüsterte er, »dies ist eine Größe, die allen paßt.«

Das Klopfen wurde heftiger, und jetzt kam auch

noch eine Stimme dazu, die dringlich und ohne jede Ehrfurcht vor der Nähe des Friedhofs »He, hallo: was ist denn hier los!« rief. Der kleine Mann schüttelte den Kopf und stieß ein paarmal vorwurfsvoll mit der Zunge gegen die Zähne. »Kein Benehmen die Leute«, sagte er.

»Vielleicht ist es dringend«, meinte Gabriel.

Er gab ihm einen traurigen Blick. »Meine Kunden haben es nicht mehr eilig«, sagte er. Als habe der aufdringliche Besucher seine leisen Worte verstanden, stellte er Klopfen und Rufen ein und entfernte sich.

»Die Schuhe noch«, sagte der kleine Mann. »Sie verstehen, wenn das Polster beschmutzt ist, hab ich Schwierigkeiten, ihn zu verkaufen. Danke. Und hier sind Ihre Blumen. Kann es losgehen?«

»Ja«, sagte Gabriel. Er stand in Socken, mit dem Hemd, das ihm nur knapp übers Knie ging, unter der Tür und sah dem Mann zu, wie er die zwei schwarzen Flügeltüren des Wagens öffnete und zur Seite schlug. Der Sarg wurde sichtbar. Gabriel senkte den Kopf. Ein Schluchzen schnürte ihm die Kehle zu. Noch konnte er weglaufen, die Luft war warm und roch nach Sommer. Den Fluß entlang gingen jetzt die Spaziergänger unter den hohen alten Bäumen, und in dem Biergarten vor dem Bürgerhospital oben über der Stadt saßen gewiß auch die paar Freunde, die er hatte, tranken und unterhielten sich. Aber schließlich hatte er das alles ausprobiert. Weder die Freunde noch das Trinken hatten geholfen. Er hob den Kopf und blinzelte in die Abendsonne, deren Strahlen schräg in den Hof fielen. Der kleine Mann wartete geduldig. Vom Turm der Stadtkirche schlug die Uhr erst vier-, dann siebenmal. Andere Turmuhren folgten. Er drückte die Blumen fester gegen seine Brust und machte den ersten Schritt.

7

Nur einen einzigen Augenblick erfaßte ihn Panik – das war, als der Begräbnisunternehmer den Deckel seines Gefängnisses zuschraubte. Er hörte auf das leise Knirschen der Schrauben, die sich in das Holz bohrten, und krallte einen Atemzug lang seine Fingernägel in die Handflächen, bis der Krampf vorüber war. Von nun an war er ausgeliefert, er konnte nur noch schreien, aber wer würde ihn, fest eingeschlossen in einem gepolsterten Kasten, der in einem fahrenden Auto stand, schon hören?

Er tat, was er in den letzten Nächten wieder und wieder getan hatte, er hob die Arme und stieß auf Holz, tastete, soweit er reichen konnte, Decke und schräge Seitenwände ab. Erst schien ihm seine ganze Umgebung stockfinster zu sein, aber dann wandelte sich das Schwarz in dunkles Grau, in dem er manchmal winzige Lichtritzen wahrzunehmen glaubte, etwas, was denen im Boden nicht mehr geblieben war, und auch der Geruch war anders, wie er unter der Erde sein würde, es roch nach Holz und Wachs. Nur der Duft der Blumen würde der gleiche bleiben.

Er spürte die Unebenheit des Bodens, über die der Wagen jetzt fuhr, hörte das Quietschen der Bremsen. Der Motor verstummte, eine Tür wurde geöffnet und wieder zugeschlagen – dann blieb es still. Schweißtropfen standen auf Gabriels Stirn. Er legte beide Hände über sein Gesicht und atmete langsam und tief, zwang sich, an nichts zu denken, begann sinnlos Zahlenreihen aufzuzählen, hastig, mit halblaut murmelnder Stimme, als wären es Gebete. Wie lange würde er noch durchstehen? Mit ungeheurer Erleichterung hörte er, daß die Flügeltüren am Fußende des Wagens geöffnet wurden. »Holt mich raus«, rief er, »schnell!« Es kam keine Antwort, aber er spürte, daß der Sarg nach vorn gezogen und auf einen anderen Untersatz gehievt wurde, der sich mit ihm weiterbewegte, ein paarmal ruckte und schließlich stehenblieb. Nein...man würde doch nicht...Er öffnete den Mund zu einem Schrei, dem Schrei, der ihn vom Menschen in eine Bestie verwandeln würde, als er an seinem rechten Ohr das zarte, leise Knirschen der Schraube hörte, die sich aus dem Holz zurückzog. Nie war ihm ein Geräusch schöner erschienen. Die Hände weiter über das Gesicht gelegt, wartete er, bis alle Schrauben gelöst, der Deckel gehoben und zur Seite gesetzt wurde, und rührte sich auch dann nicht, als jemand nach seinem Arm griff. »Die Haare«, sagte eine erschrockene Stimme. »Seit wann zum Teufel hat Robert rote Haare?« Man zog ihm die Hände vom Gesicht, und nun blieb ihm nichts anderes übrig, als blinzelnd die Augen zu öffnen und in die Gesichter zu sehen, die sich über ihn beugten. Eines kam ihm bekannt vor, das eines Mannes, der nur wenig älter als er war und einen grauen Spitzbart trug, aber er wußte im Moment nicht, wo er ihn unterbringen sollte, und es war ihm auch egal. Wichtig war nur eines, dieses unbeschreibliche Gefühl der Erleichterung auszukosten, solange es ging. Er war wie in einen Starrkrampf verfallen, nur war es das genaue Gegenteil der Starre, die er so gefürchtet hatte. Er wußte nun, wie es war, er kannte diese einzige entscheidende Sekunde, in der das Entsetzen so übermächtig wurde, daß es den Verstand auslöschte und der Verlorene sich mit einer wahnsinnigen Wollust selbst zu zerfleischen begann.

Ein Lächeln erschien auf seinem Gesicht, das die Männer, die ihn umstanden, glauben lassen mußte, es mit einem Idioten zu tun zu haben. Zwei packten ihn grob an der Schulter und zerrten ihn hoch. Der Spitzbart war ein paar Schritte zurückgewichen und saß nun mit bleichem Gesicht auf einem Stuhl. Gabriel sah sich um. Er befand sich in einem großen, weißgetünchten Raum, dessen bis zum Boden reichende Fenster die inzwischen rötlich verfärbten Strahlen der Abendsonne einfallen ließen. Draußen waren Bäume und Sträucher zu sehen, dicht ineinander verwachsen, als hätte jahrelang niemand mehr ihren Wuchs gezügelt. Gabriel bemerkte einen Tisch und Stühle, und schließlich kehrte sein Blick zu den Männern zurück, von denen einer mit aufgestützten Armen am Fußende des Sarges stand und ihm nun, als ihre Blicke sich begegneten, ein finsteres Lächeln schenkte.

»Ich bitte um eine Erklärung«, sagte er.

»Alles«, sagte Gabriel, »alles werde ich erklären, wenn Sie mir erlauben, dieses Gehäuse zu verlassen und mich wieder anzuziehen.«

Ein kurzes Kopfnicken gab Gabriel seine Zustimmung und bewirkte gleichzeitig, daß er losgelassen wurde und ein weiterer Mann hinausging, um kurz danach mit seinen Kleidern wiederzukommen. Gabriel verließ den Sarg, was ihm einige Mühe bereitete, da er auf einem hohen, mit Rollen versehenen Gestell stand und das Hemd ihn behinderte. Von den schweigenden Männern umstanden, zog er erst seine Hose, die Schuhe und schließlich, nachdem er das weiße Hemd abgestreift hatte, sein eigenes und die Jacke an.

»Darf ich mich setzen?« fragte er, und als stummes Nicken ihm auch das erlaubt hatte, ging er zum Tisch und setzte sich. Die anderen folgten, und nun erklärte Gabriel, wie er in den Sarg gekommen war. Je weiter er in seinem Bericht vorankam, desto gelöster und freundlicher wurden die Mienen der Männer, bis auf das Gesicht des Spitzbarts, das sich, vor allem wenn Gabriel seine nun für immer überstandenen Ängste schilderte, zu einer fast weinerlichen Grimasse verzog, als bereite sein Bericht ihm körperliche Schmerzen.

»Wir sind«, sagte der Wortführer der seltsamen Gruppe, als Gabriel geendet hatte, »was Sie angeht, nun völlig zufriedengestellt. Es scheint, daß Robert wenige Sekunden zu spät gekommen ist.«

»Der Mann, der an die Tür geklopft und gerufen hat?«

»Ja. Sie haben seinen Platz eingenommen.«

»Das ist mir jetzt klar. Aber...«, er zögerte.

»Ja?«

»Dürfte ich Sie jetzt um eine Erklärung bitten?«

»Sicher, das dürfen Sie. Aber zuerst möchte ich Ihnen meine Freunde vorstellen.« Er deutete in die

160

Runde: »Paul, Arthur, Max«, sagte er, »mich nennen
Sie Waldemar. Dieser Herr hier«, er wies auf den
Spitzbart, »braucht Ihnen sicher nicht vorgestellt zu
werden.«

Gabriel blickte ihn unschlüssig an. »Er ist mir bekannt«, sagte er, »trotzdem weiß ich nicht...«

»Mein Lieber!« rief Waldemar und hob erstaunt
die Hände, »er ist der Justizminister Ihres Landes.«

Natürlich. Gabriel erhob sich und deutete eine
Verbeugung an. »Entschuldigen Sie«, sagte er, »ich
müßte Ihr Gesicht natürlich aus der Zeitung kennen.«

»Nicht nur das«, sagte Waldemar, »er ist aus Ihrer
Stadt. Hier begann seine Karriere, hier wird er in ein
paar Wochen das neue Kulturzentrum einweihen.«

»Aha«, sagte Gabriel.

Der Minister, der seine Verbeugung ignoriert hatte,
rutschte auf seinem Stuhl hin und her.

»Was jetzt?« sagte er. »Es war verabredet, daß niemand sonst unserem kleinen Kreis beitritt. Schon gar
niemand aus dieser Stadt, in der mich jedes Kind
kennt...äh...fast jedes Kind.« Er blinzelte nervös
und strich über seinen Bart. »Ich kann mir keinerlei
Extravaganzen leisten. Sie wissen, wie das ist.« Seine
Stimme klang glatt und geschmeidig, und Gabriel erinnerte sich nun, daß er vor Jahren einmal der Über-
zeugungskraft dieser Stimme nachgegeben und eine

Partei gewählt hatte, für die er sich sonst nicht entschieden hätte, nur dieses Mannes wegen, der dann kurz nach der Wahl ins gegnerische Lager übergewechselt war, ohne seinen an der Nase herumgeführten Wählern auch nur eine Erklärung abzugeben.

»Aber«, sagte Waldemar, »Herr Minister! Das Kind ist nun einmal in den Brunnen gefallen. Ist es nicht besser, unser Freund hier tritt unserem Klub bei und verpflichtet sich damit wie wir alle zu strengstem Stillschweigen, als daß wir ihn jetzt laufen und weiß Gott was erzählen lassen?«

Der Minister knurrte.

»Ihr Name?« wandte Waldemar sich an Gabriel.

»Gabriel...«

»Das reicht uns schon. Beruf?«

»Zahnarzt.«

»Aha. Das bestätigt mir wieder, daß nicht einmal eine wissenschaftliche Ausbildung vor dieser Angst schützt. Ich behaupte sogar, je differenzierter eine Persönlichkeit, desto anfälliger ist sie auch. Also, Gabriel, wie Sie inzwischen sicher begriffen haben, leiden wir alle hier mehr oder weniger unter der Vorstellung, einmal lebendig begraben zu werden. Und da es nichts gibt, das uns beruhigen konnte, nicht die testamentarische Verfügung, daß wir nach dem Tod verbrannt werden wollen oder unsere Organe als Spender zur Verfügung stellen, da uns also, um wirklich sicher zu gehen, nur die Möglichkeit geblieben war, von einer dreißig Meter hohen Brücke zu springen oder mit Höchstgeschwindigkeit gegen einen Baum zu rasen – und wer mag das schon, obwohl ich zugeben muß, daß ich mich mit dem Gedanken bereits vertraut gemacht hatte –, faßten wir den Entschluß, unser Problem einmal von einer völlig anderen Seite anzugehen.«

»Ich verstehe«, sagte Gabriel.

»Ja. Wir beschlossen, uns zu desensibilisieren. Ähnlich wie bei Heuschnupfen. Ich kam auf die Idee, als ich hörte, wie man Leuten hilft, die Angst vor Spinnen, Fröschen und dergleichem haben. Man bringt sie in ein Zimmer, das völlig leer ist, ausgenommen ein Glas, das mit dem gefürchteten Tier in der Mitte des Zimmers auf dem Boden steht. Der Prozeß schreitet langsam voran. Den Anfang bildet der Aufenthalt an sich in ein und demselben Raum mit dem Tier. Als nächstes folgt eine langsame Annäherung an das Glas. Schließlich wird das Glas mit Handschuhen angefaßt, hochgehoben und umhergetragen, und dies alles wird so lange betrieben, bis der Patient das Tier zuerst mit Handschuhen und schließlich mit der bloßen Hand berühren kann. Wir betreiben das gleiche. Wir nähern uns dem Sarg, wir berühren ihn, wir legen uns hinein, erst ohne, dann mit geschlossenem Deckel. Das höchst erreichbare Ziel aber, das Sie, Ga-

briel, rein instinktiv als einzig richtige Therapie er-
kannt haben, ist das hilflose Ausgeliefertsein in einem
festverschlossenen Sarg. Es hat Ihnen doch geholfen?«

»Ja«, sagte Gabriel, »o ja, das hat es.«

»Würde es nicht genügen«, fragte der Minister,
»wenn er mir seine Erfahrungen genau schildert.
Muß ich wirklich...?«

Waldemar nickte. »Wir alle, bis auf Robert, der die
ihm heute entgangene Spazierfahrt demnächst nach-
holen wird, haben es getan, und jeder einzelne hat von
seinen Erfahrungen berichtet, ohne daß es Ihnen geholfen hätte. Sie wissen, daß Sie nur noch drei Wochen Zeit haben, dann werden Sie ohne uns zurechtkommen müssen.«

»Ich weiß«, sagte der Minister. »Also fangen wir
an.«

Draußen waren Schritte zu hören. Die Tür wurde
aufgestoßen, und ein junger Mann, dem die Haare
wirr wie eine Löwenmähne um den Kopf standen,
stürzte in den Raum.

»Tut mir unsagbar leid«, sagte er, »aber der alte
Idiot war anscheinend nicht da. Hat's vergessen oder
sowas. Ich bin den ganzen Weg zu Fuß gelaufen, weil
ich es nicht riskieren wollte, ein Taxi zu nehmen. Wieso steht der Wagen trotzdem draußen?«

»Es handelt sich um ein Mißverständnis«, sagte

Waldemar, »das sich aber inzwischen aufgeklärt hat. Ich stelle Ihnen hier Gabriel vor, er ist eine Naturbegabung, er hat in einer Woche geschafft, was unser Herr Minister trotz intensivster Bemühungen nach zwei Monaten noch nicht fertigbringt.«

»Das ist phantastisch«, sagte Robert und schüttelte Gabriel anerkennend die Hand, »ich muß zugeben, daß ich nicht gerade unglücklich war, als ich die Tür verschlossen fand.«

Inzwischen war die Sonne hinter den Bäumen verschwunden und hatte den Raum in einem weichen dämmrigen Grau zurückgelassen, das ihre Gesichter einander ähnlich machte, als trügen sie Masken. Während Gabriel sitzen blieb, erhoben sich die übrigen und scharten sich um den Minister, der, als alle um ihn standen, einmal leise aufquiekte wie eine Ratte. Mit lautlosen Bewegungen halfen sie ihm Jacke und Schuhe auszuziehen und streiften ihm das von Gabriel abgelegte Totenhemd über. Sie führten ihn zum Sarg, hoben ihn gemeinsam hoch und legten ihn hinein. Sie beugten sich über ihn, sprachen auf ihn ein, leise murmelnd, mit beschwörenden Stimmen, aber als sie zurücktraten, um den Deckel aufzuheben, richtete er sich auf und sprang, ein kleiner grauer Schatten, mit einer Schnelligkeit, die man ihm gar nicht zugetraut hätte, aus dem Sarg.

»Nicht heute«, flehte er, »heute noch nicht.«

Sie schwiegen, nur Waldemar hob in einer hoffnungslosen Geste die Arme zum Himmel. In panischer Angst zerrte sich der Minister das Hemd über den Kopf und riß seine Jacke von dem Stuhl neben Gabriel, auf den einer der Männer sie gelegt hatte. In der Eile rempelte er ihn an, und Gabriel, der einen Augenblick lang ganz nah in das schweißnasse Gesicht sah, bemerkte, daß die Pupillen, schwarz und rund, die ganze Iris ausfüllten. Und noch etwas fiel ihm bei ihrem kurzen Blickwechsel auf: Der andere haßte ihn. Er haßte ihn, weil ihm gelungen war, was er trotz aller Anstrengungen nicht fertiggebracht hatte – und er haßte ihn, weil er als Außenstehender Zeuge seiner maßlosen Angst geworden war.

8

Mit diesem Mißerfolg schien die Sitzung beendet. Sie hoben das Hemd vom Boden auf, schüttelten es aus und legten es in den Sarg. Sie legten den Deckel auf, zwei Männer öffneten die Tür, die beiden anderen schoben den Sarg auf seinem fahrbaren Gestell hinaus auf eine kiesbestreute Einfahrt, an deren Beginn der Leichenwagen stand. Gabriel war ihnen ein Stück nachgegangen und sah zu, wie sie den Sarg auf Schienen in das Innere des Wagens gleiten ließen, das Gestell zusammenlegten, daneben verstauten und schließlich die beiden schwarzen Flügeltüren schlossen. Robert kam als einziger noch einmal zurück. Waldemar, der Gabriel gefolgt war, holte ein Kuvert aus seiner Tasche und steckte es Robert zu. »Das legt ihr wie sonst auch ins Handschuhfach. Wer bringt mit dir den Wagen zurück?«

»Max.«

»Gut.«

Als Robert sich entfernen wollte, packte er ihn am Handgelenk und zog ihn zurück ins Haus, wo der Minister, allein zurückgeblieben, auf dem Boden kauernd, immer noch an seinen Schnürsenkeln zerrte.

»Robert«, flüsterte Waldemar eindringlich, aber doch so laut, daß der Minister und Gabriel jedes Wort verstehen konnten. »Sie holen doch nach, was Sie heute versäumten?«

»Aber ja«, sagte Robert. Er fuhr sich mit beiden Händen durch die Haare, daß sie sich noch mehr sträubten. »Ich kann nicht behaupten, daß es mir gerade Spaß macht, aber ich tu's, das ist klar.«

»Sie scheinen zu vergessen«, sagte Waldemar, »daß das Ganze nur zu Ihrem Besten ist. Wir wollen uns gegenseitig helfen, von irgendeinem Zwang kann nicht die Rede sein.«

»O.K.«, sagte Robert. Er nickte Gabriel zu und gesellte sich wieder zu den anderen draußen in der Einfahrt. Man hörte sie miteinander sprechen, einer lachte, und nach kurzer Pause fielen alle mit ein. Max und Robert verschwanden im Führerhaus, der Motor wurde angelassen, und das Auto setzte sich in Bewegung. Die roten Lichter leuchteten auf und blieben noch lange sichtbar, als der Wagen schon nicht mehr zu hören war. Die beiden anderen entfernten sich zu Fuß.

»Wo sind wir hier eigentlich?« fragte Gabriel.

»In der Villa Bott«, entgegnete Waldemar geistesabwesend. Die Hände auf dem Rücken verschränkt, mit gesenktem Kopf, begann er hin- und herzugehen. Seine Schritte hallten in dem fast leeren Raum und schienen in den anderen unbekannten Zimmern des Hauses ein Echo zu finden. »Sie kennen sie vielleicht. Sie steht sonst leer. Ich hab sie für ein paar Monate gemietet.« Er hielt vor dem Minister an, der es aufgegeben hatte, seinen abgerissenen Schnürsenkel zu reparieren, und nun aufrecht vor dem blassen Rechteck eines der Fenster stand.

»Es wird Nacht«, sagte Waldemar düster, hob das Kinn und blickte an ihm vorbei hinaus in die in der Dämmerung zu einem unüberschaubaren Schatten zusammengeschmolzene Wildnis.

Der Minister seufzte nur.

»Wie werden Sie schlafen?«

»Miserabel«, sagte er.

»Und Sie, Gabriel?« fragte Waldemar, ohne sich umzudrehen.

»Das erstemal seit einer Woche wieder gut«, erwiderte Gabriel, und dieser Satz entsprach so voll und ganz der Wahrheit, daß er vor Freude hätte in die Luft springen können.

»Ich überlege allen Ernstes, Herr Minister«, sagte Waldemar, »ob es Sinn hat, Sie noch weiter in unserer Gruppe zu behalten. Sie sind nicht bereit...«

»Ich bin bereit«, unterbrach er heftig. »Das heute... dieser Zwischenfall, er war ein Schock für mich. Verstehen Sie das nicht? Ich muß darauf bestehen, daß kein Außenstehender... so begreifen Sie doch!«

»Also gut«, sagte Waldemar. »Gabriel, Sie haben verstanden?«

»Ja.«

»Und Sie werden niemandem etwas sagen?«

»Nein.«

»Er soll sich in acht nehmen«, sagte der Minister. »Ich bin ein mächtiger Mann. Wenn er irgendwo etwas erzählt, werde ich sagen, daß er lügt. Und dann mach ich ihn fertig. Er wäre nicht der erste.« Seine Stimme klang wieder leise und beherrscht, und Gabriel mußte an eine Schlange denken, die lautlos unter einer Tür durchkriecht. Ihn fror plötzlich.

»Ich gehe jetzt«, sagte er. »Ich kenne die Villa Bott.

Es ist nicht weit zurück in die Stadt.« Er schwieg und starrte auf Waldemars Rücken.

»Dann werde ich Sie also nie mehr wiedersehen«, sagte er schließlich leise.

Waldemar wandte sich um. Gabriel versuchte sein Gesicht zu erkennen, aber er sah nichts als einen verschwommenen Fleck, der nur wenig heller war als seine Umgebung.

»Ich verspreche Ihnen«, sagte Waldemar, »daß Sie mich noch einmal sehen werden. Und ich verspreche Ihnen, daß Sie diese unsere letzte Begegnung nie mehr vergessen werden.«

»Das«, meinte Gabriel, »kann ich schon von unserer ersten sagen.«

9

Die Tage vergingen, und Gabriel stellte mit zunehmendem Vergnügen fest, daß er auch nicht die Spur eines Rückfalls hatte. Er konnte sogar wieder mit einigem Behagen über Friedhöfe spazieren, und kam er jetzt an einem frischen Grab vorbei und besah sich Schleifen und Blumen, so geschah es nicht aus Angst, daß er sich niederbeugte und horchte, sondern eher aus einem fast wissenschaftlichen Interesse heraus.

Was seine Schwiegermutter anging, so schien er

ihr mit seiner Attacke – obwohl sie es niemals offen
zugeben würde – in gewisser Weise imponiert zu haben. Sie behandelte ihn mit entschieden mehr Ach-
tung als früher – ein Verhalten, das inzwischen sogar
zaghaft auf seine Frau abzufärben begann – und hatte
sich auch wieder vertrauensvoll in seine Behandlung
begeben, vor allem wohl auch deshalb, weil Wolf ihr
für das Herausnehmen des Löffels eine Rechnung geschickt hatte.

Es waren inzwischen schon beinahe drei Wochen
seit seinem Abenteuer in der Villa Bott vergangen, als
es an einem Freitagabend kurz nach sieben – der
letzte Patient war gerade gegangen, und seine Sprechstundenhilfe zog sich im Flur den Mantel an – an der
Tür zur Praxis klingelte.

»War noch jemand bestellt?« fragte er.

Sie verneinte und ging öffnen, und er sah über ihre
Schulter das Gesicht eines Mannes mit struppig hoch-
stehenden Haaren, das ihm bekannt vorkam.

»Robert«, rief er, »das ist eine Überraschung.
Fräulein Nagel, Sie können gehen.«

Widerwillig folgte sie seiner Aufforderung, nicht
ohne den Fremden noch einmal gründlich von Kopf
bis Fuß zu mustern. »Regnet es?« fragte Gabriel, der
Robert entgegengekommen und ihm die Hand hin-
gestreckt hatte, »davon hab ich nichts bemerkt.«

»Und wie«, sagte Robert. Er trug einen langen, vor

Nässe glänzenden Lackmantel und hielt ein Paket, das er jetzt, um Gabriels Hand ergreifen zu können, unter den Arm klemmte. »Ich kann nur hoffen, daß übermorgen besseres Wetter ist«, sagte er. »Wie geht's?« Er drückte ihm herzlich die Hand und folgte ihm in das kleine Wohnzimmer.

»Gut. Mir geht's gut. Möchten Sie etwas trinken? Ein Glas Rotwein?«

Robert zögerte. »Na schön«, meinte er schließlich. »Ein Glas im Stehen. Ich hab nicht viel Zeit.«

Er nahm das Glas, das Gabriel ihm reichte, und stieß mit ihm an. »Daß am Sonntag unser Werk gelingen möge«, sagte er dunkel, und Gabriel, der kein Wort verstand, blickte ihn nur ratlos an, zuckte mit den Schultern und trank.

»Ah, das tut gut.« Robert stellte das geleerte Glas auf einen Schrank und begann sein mitgebrachtes Paket aufzuknüpfen.

Er zog einen weiten Umhang heraus, danach einen zusammengeklappten Zylinder, den er mit einem kurzen Schlag seiner Hand und einem auffordernden Schnalzen auseinanderschnellen ließ, und schließlich eine schwarze Halbmaske.

»Das wär's«, sagte er, trat einen Schritt zurück und betrachtete kritisch Gabriels Figur. »Kann sein, daß der Mantel etwas zu lang ist, aber das ist nicht weiter schlimm.«

»Ich verstehe überhaupt nichts«, sagte Gabriel.

Robert schnippte mit den Fingern. »Am Sonntag ist unser Herr Minister soweit. Und Sie sind Ehrengast. Waldemar möchte Sie dabeihaben. Wir holen Sie kurz nach sieben am Hauptportal des Friedhofs ab. Vergessen Sie den Mantel und die Maske nicht. Und zu niemandem ein Wort. Das ist doch klar?«

»Ja...ja natürlich«, sagte er verwirrt. »Aber der Minister wird furchtbar wütend sein, wenn er mich sieht.«

»Er wird Sie nicht erkennen«, sagte Robert. Irgendetwas schien ihm großes Vergnügen zu bereiten. Er nahm Gabriel in die Arme und drückte ihn gegen seinen nassen Mantel. »Er wird Sie nicht erkennen«, kicherte er, »o Gott.« Er ließ ihn los und ging hinaus, und noch aus dem Treppenhaus hörte er sein Lachen.

10

Sonntagmorgen regnete es noch, aber am Nachmittag hellte sich der Himmel auf, und gegen Abend kam sogar die Sonne heraus. Um so mehr ärgerte sich Gabriels Frau, daß er nicht mit ihr und den Kindern auf das Fest wollte, das anläßlich der Einweihung des neuen Kulturzentrums auf dem Marktplatz stattfand. »Alle sind dort«, sagte sie. »Vielleicht sogar der Minister, der heute morgen eine so schöne Rede gehalten hat – nur du natürlich nicht.«

»Geh doch alleine hin«, sagte er, »nimm Mutter mit. Ich muß heute abend noch einmal in die Praxis.«

»Laß ihn doch«, trompetete seine Schwiegermutter aus dem Hintergrund, »wie ich ihn kenne, wird schon keine andere Frau dahinterstecken.«

Philipp hob seinen Kopf von dem Puzzle, an dem er schon seit dem Mittagessen saß, und warf seinem Vater einen interessierten Blick zu.

»Vielleicht will er sich wieder selbst einen Zahn ziehen, wie damals kurz vor Weihnachten«, sagte er, »wißt ihr noch?«

Gabriel zuckte zusammen und griff sich unwillkürlich an die Stelle, wo der Rest des Backenzahnes saß, der ihm bei seiner Selbstbehandlung abgebrochen war. »Also ich gehe jetzt«, sagte er. Er hatte zwar noch eine halbe Stunde Zeit, aber er mußte noch in seiner Praxis vorbei, um Mantel, Maske und Zylinder zu holen.

Bis dorthin fuhr er mit dem Auto, ließ es dann aber stehen und ging den kurzen Weg zum Friedhof zu Fuß. Er betrat den Friedhof durch einen der Seiteneingänge, und weil es immer noch eine Viertelstunde bis zu dem von Robert angegebenen Zeitpunkt war, ging er innen die Mauer entlang, die so hoch war, daß von außen niemand hereinsehen konnte. In der Nähe des Hauptportals blickte er sich vorsichtig um, und als er weit und breit niemanden entdecken konnte, schlüpfte er mitsamt seinem Paket hinter einen großen alten Grabstein, der wie die Mauer ganz mit Efeu überwachsen, nur einen Viertelmeter von ihr entfernt stand. Er legte sein Paket auf den Boden und stieg, sich vorsichtig an den kräftigen Ranken haltend, die Mauer hoch, bis er darüberschauen konnte. Er hatte Glück, auf der anderen Seite stand ein Baum, der ihn verdeckte, aber trotzdem freie Sicht auf die zum Friedhof führende Allee und den Eingang des Bestattungsinstitutes zuließ. Auch hier war nirgendwo einer zu sehen. Er verankerte seine Füße fester und stützte die Arme auf die Mauer, und jetzt erblickte er von ferne, ganz am Anfang der Allee, vier Gestalten, die sehr schnell näher kamen. Sie trugen Zylinder und weite schwarze Mäntel, wie er einen bekommen hatte, und als sie ganz nah heran waren, erkannte er Waldemar und Robert und zwei weitere Männer aus der Villa Bott. Sie klopften an die Tür des Bestattungsunternehmens, und es wurde ihnen sofort geöffnet. Erstaunt bemerkte Gabriel, daß, kaum daß sich die Tür hinter ihnen geschlossen hatte, sie wieder aufging und den ihm wohlbekannten kleinen Mann entließ, der sich hastig entfernte. Wie der kleine Mann aber die Allee hinunterging, nicht in der Mitte, sondern mehr im Schatten der Bäume, als fürchte er gesehen zu werden, und immer kleiner wurde, kam von unten herauf eine andere Gestalt, näherte sich und wurde größer. Es war der Minister. Ohne jede Begleitung kam er langsam heran und blieb ab und zu stehen, als habe er immer noch vor umzukehren.

Eine Uhr schlug sieben, andere folgten, und als habe er sich nun plötzlich entschlossen, alle Bedenken über Bord zu werfen, gab er sich einen Ruck und rannte das letzte Stück fast, bis er hinter der schwarzverhängten Tür verschwand.

Gabriel rutschte von der Mauer, setzte Maske und Zylinder auf und legte sich den Mantel um. Das Einwickelpapier ließ er hinter dem Grabstein liegen.

Er postierte sich neben das Eingangstor und wartete. Sosehr ihn die Mutprobe des großen Mannes interessierte, fühlte er sich doch nicht ganz wohl in seiner Haut. Ob er nun eine Maske trug oder nicht, der Minister, der nicht einmal den kleinen Begräbnisunternehmer dabeihaben wollte, würde sicher darauf bestehen, daß er sich, wenn er mit den anderen am wiedergeöffneten Sarg stand, zu erkennen gab. Es sei denn, er war so glücklich nach überstandener Tortur, daß er großzügig über Gabriels Anwesenheit hinwegsah. Warum hatten sie ihn eigentlich nicht gleich zur Villa Bott bestellt? Bevor er über diese Frage weiter nachdenken konnte, kam mit quietschenden Reifen der Leichenwagen um die Ecke des Begräbnisunternehmens gefahren. Am Steuer saß Waldemar und neben ihm Robert, der Gabriel heftig winkte. »Schnell«, rief er »schnell!« Gabriel rannte los, und ohne daß der Wagen das Tempo verlangsamte, sprang er, von Robert halb gezogen, durch die offene Tür ins Fahrerhaus und klemmte sich neben die beiden anderen auf den Sitz.

»Hallo«, sagte Waldemar, während er beschleunigte, »entschuldigen Sie unsere Eile. Aber es kommt jetzt auf Sekunden an. Er darf uns auf keinen Fall vorher umkippen.«

Gabriel nickte und hielt sich krampfhaft an Robert fest. Waldemar fuhr inzwischen mit einer teuflischen Geschwindigkeit; sie hatten die Allee längst verlassen, aber statt nach links in die Landstraße einzubiegen, die zur Villa führte, hatte er sich rechts gehalten und fuhr geradewegs in die Stadt. Gabriel hielt den Mund. Was immer sie vorhatten, er saß jetzt mit drin und konnte sowieso nichts dagegen tun. Einen Augenblick wandte er den Kopf und sah Roberts Profil: die Augen halb geschlossen, mit fest zusammengepreßten Lippen, starrte er geradeaus auf die Straße.

Sie hatten die Altstadt erreicht, und nun fuhr Waldemar langsamer, hielt sich an das einem Leichenwagen angemessene Tempo und bog schließlich auf

177

den mit Menschen überfüllten Marktplatz ein. Hier waren eine Tribüne mit einer Blaskapelle und viele Tische aufgestellt, an denen die Leute saßen, tranken und sich unterhielten. Waldemar hielt an.

»Sie bleiben sitzen«, sagte er leise.

An einem der vordersten Tische erkannte Gabriel, der unter seiner Maske schweißnaß war, den Bürgermeister, ein paar der Stadträte und andere Honoratioren, die, als sie den Leichenwagen sahen, erstaunt ihr Gespräch abgebrochen hatten und zum Teil aufgestanden waren. Auf einen Wink des Bürgermeisters verstummte die Musik. Auch andere wurden jetzt aufmerksam und stiegen auf Bänke und Tische, um besser sehen zu können. »Jetzt«, sagte Waldemar. Er und Robert stiegen aus. Gabriel hörte, wie sie hinten die Flügeltüren öffneten, er hörte das Auseinanderklappen des Fahrgestells und schließlich das leise Gleiten des Sarges auf den Schienen. Jetzt tauchten sie in seinem Blickfeld auf. Zu viert – die beiden anderen mußten hinten mitgefahren sein – rollten sie den Sarg direkt vor den vereisten Prominententisch. Mit langsamen, wie einstudiert wirkenden Bewegungen, drehten sie feierlich die Schrauben aus dem Holz und hoben den Deckel.

Atemlose Stille senkte sich über den Platz. In kurzem weißen Hemd, in Socken, einen zerdrückten Blumenstrauß in der Hand, erhob sich der Minister auf schwankenden Beinen und starrte mit offenstehendem Mund auf die ihn umgebende Menge. Aus der Brust des Bürgermeisters, dessen noch vor wenigen Augenblicken vom Wein gerötetes Gesicht jede Farbe verloren hatte, kam ein Röcheln. »Herr Minister«, flüsterte er.

Waldemar und die drei anderen packten den Minister an Armen und Beinen, hoben ihn hoch und stellten ihn auf den Boden. Er sah sich um, mit einem gehetzten Blick, immer noch nicht ganz in der Lage, die Situation zu erfassen, aber als irgendwo aus dem Hintergrund das nervöse Kichern einer Frau kam, zuckte er zusammen, rannte mit wehendem Hemd zwischen den Tischen durch und verschwand in einer Seitenstraße. In dem allgemeinen Durcheinander, das nun folgte, verstauten die vier den Sarg mit Gestell wieder im Wagen. Einem Stadtrat, der sich ihm in den Weg stellen wollte, gab Robert kurzerhand einen Schlag unters Kinn. Das hielt auch die anderen zurück. Sie stiegen ein, Waldemar fuhr rückwärts aus dem Platz, wendete und raste davon. Gabriel, der nun zwischen beiden saß, schob seine Maske hoch und schnappte nach Luft.

»Sie sind Anarchisten«, sagte er, als er wieder sprechen konnte. Waldemar zuckte nur mit den Schultern, aber Robert, der vergnügt vor sich hingepfiffen hatte, unterbrach einen Augenblick und sagte:

»Wozu die großen Worte. Wir zupfen das Unkraut aus, das ist alles.«

Gabriel schwieg, bis sie an der Rückseite des Bestattungsunternehmens angekommen und ausgestiegen waren.

»Wußte er Bescheid?« fragte er und wies auf das Haus.

»Nein«, sagte Waldemar, »aber ich denke, das wird ihn etwas für die Unannehmlichkeiten, die er zweifellos haben wird, entschädigen.« Er legte ein Kuvert, das noch dicker war als das damals in der Villa Bott, ins Handschuhfach.

»Hoffentlich holt er's sich, bevor sein Wagen beschlagnahmt wird«, sagte Robert.

Waldemar legte Gabriel einen Arm um die Schultern und führte ihn beiseite. Auch die beiden anderen waren ausgestiegen und folgten ihnen. Hinter der Friedhofsmauer wartete ein großer grauer Ford, an dessen Steuer Gabriel den letzten der fünf erkannte.

»Nun heißt es Abschied nehmen, Gabriel«, sagte Waldemar. Er nahm ihm Zylinder, Maske und Mantel ab und reichte alles an Robert weiter, der es im Auto verstaute.

»So ist das. Kaum haben wir eine Sache erledigt, wartet schon die nächste auf uns. Hören Sie, Gabriel, wir sind eigentlich für niemanden zu erreichen, aber falls man Ihnen Schwierigkeiten macht, was ich nicht glaube, schreiben Sie an diese Adresse. Man wird uns dann benachrichtigen.« Er gab ihm einen Zettel, legte ihm beide Hände auf die Schultern und küßte ihn rechts und links auf die Wange. Die andern taten es ihm nach.

»Könnten wir ihn nicht mitnehmen?« fragte Robert.

Waldemar, schon im Wagen, legte einen Arm über die heruntergedrehte Scheibe und blickte Gabriel an.

»Wollen Sie?« fragte er lächelnd.

Welch ein Ausblick eröffnete sich ihm durch diese beiden Worte. Er dachte an Lucy und die Kinder, die ihm bei jedem Versuch zu fliegen sofort die Federn ausrissen. Sie würden auch ohne ihn zurechtkommen, schließlich hatte seine Schwiegermutter mehr Geld, als er jemals in seinem ganzen Leben zusammenbringen würde. Und sonst? Brauchten sie ihn sonst? Wohl kaum. Aber dann fiel ihm seine Praxis ein, die Radiomusik, die er den ganzen Tag laufen ließ, die heimlich gekauften Blumen, die junge Frau, die jeden Morgen am Fenster gegenüber ihre Turnübungen machte. Das war seine Welt. Er schüttelte den Kopf.

»Die Luft«, sagte er, »die Sie atmen, ist zu dünn für mich.«

Fanny Morweiser
im Diogenes Verlag

Lalu lalula, arme kleine Ophelia
Eine unheimliche Liebesgeschichte

»Außerhalb jeder Realität, ausgestattet mit dem Personal der deutschen Romantik und der Psychologie einer Daphne du Maurier.«
Norddeutscher Rundfunk, Hamburg

La vie en rose
Ein romantischer Roman

»Wenn Franz Kafka und Thomas Bernhard Zeitgenossen geworden wären und sich außerdem entschlossen hätten, gemeinsam eine grotesk-komische Geschichte zu schreiben, dann hätte der Roman *La vie en rose* herauskommen können.« *Die Presse, Wien*

Indianer-Leo
und andere Geschichten aus dem wilden Westdeutschland

»Die subtilen Verbrechen der Fanny Morweiser spielen sich in aller Stille, in schönen Landschaften, in alten Häusern, gelegentlich bei lieben älteren Damen ab – und dies soviel gefährlicher als bei Agatha Christie!« *Hannoversche Allgemeine*

Ein Sommer in Davids Haus
Roman

»Eine Geschichte aus Licht und Schatten, aus Poesie und Bangen geflochten. Fanny Morweiser macht Skurriles so glaubhaft, als gehöre es zum Alltag, und geht mit dem Alltag um wie mit einem wunderlichen Traum. Wie schon in ihren ersten Büchern hält sie auch hier mehr, als sie verspricht. Einzuordnen ist sie nicht, denn es gibt nicht viele ihrer Art. Sie unterhält nicht nur – sie tut das, was man in England ›arrest‹ nennt: sie fesselt.«
Welt am Sonntag, Hamburg

Die Kürbisdame
Kleinstadt-Trilogie

Drei Herren aus der besseren Gesellschaft steigen einer zwielichtigen Dame nach und begeben sich dadurch in große Gefahr. Menschen in einem Altersheim widersetzen sich den Anweisungen des Heimleiters, um endlich ihre eigenen Wege gehen zu können. Ein nervöser Zahnarzt gerät plötzlich in einen Anarchistenstreich und findet dadurch sein inneres Gleichgewicht wieder.

»Diese schaurig-schönen Erzählungen schockierten mich bei der Lektüre und erinnerten mich unwillkürlich an Roald Dahl, der ebenso wie Fanny Morweiser mit seiner makabren Phantasie den Leser den Atem anhalten läßt. Beide Autoren übersteigern ihre Stoffe ins Groteske und erzeugen dadurch Komik.«
Süddeutscher Rundfunk

O Rosa
Ein melancholischer Roman

»Wer kann einen seriösen, soliden Unterricht im Zaubern, besser gesagt im Verzaubern, geben? Wer bringt uns bei, daß die durchaus nicht immer zauberhaften Alltäglichkeiten einem weniger ausmachen, daß man ihnen zum Trotz das Leben, wenn schon nicht ›en rose‹, so doch als eine im ganzen gute Sache zu empfinden vermag? Wer *O Rosa* gelesen hat, kennt die gute Medizin, die ihm wenigstens zeitweilig helfen kann.« *Neue Zürcher Zeitung*

Ein Winter ohne Schnee
Roman

Ein sanftes, kleines, irres Dorf voll mildem Wahnsinn, mit einem Fährmann, einem kranken Jungen, der in dem Dorf zur Rekonvaleszenz weilt, dem Bund der roten Krähe, der den von Mönchen in grauer Vorzeit vergrabenen Schatz heben will, bevor ein anderer ihnen zuvorkommt, dem unheimlichen kleinen Jungen mit der Mutter, die Anna heißt und eine Hexe ist...

»Von diesem Roman kommt man nicht los. Er hat Bilder, die schrecklich sein könnten. Wenn sie nicht aus einem bestimmten Blickwinkel eingefangen wären. Manches läßt sich nur ahnen. Das ist gut so.«
Neue Osnabrücker Zeitung

Voodoo-Emmi
Erzählungen

»Wie entledigt sich ein verkanntes Genie seiner kleinlichen Frau? Der Maler gibt Voodoo-Emmi ein Foto seiner Angetrauten, die Emmi wird's schon richten. Das ist eine der elf neuen, geheimnisvollen Geschichten von Fanny Morweiser, und wieder spielen kuriose, nicht alltägliche Menschen die Hauptrolle. Unmerklich überschreitet die Autorin die Grenzen zum Phantastischen, etwas Gespenstisches weht durch die Stories hin. Die Pointen kommen eher auf leisen Sohlen daher, sind darum jedoch nicht weniger zündend. Das Ganze: ein höchst originelles, hintersinniges Lesevergnügen.« *Landeszeitung, Lüneburg*

Das Medium
Roman

Auf der Rückreise aus dem Urlaub geraten Nora, ihr Freund und ihre halbwüchsige Tochter Marilu in eine Kleinstadt, deren verschlafene Idylle die drei magisch anzieht. Aber die Idylle trügt: In der Kleinstadt gibt es zwei Kaufhäuser, die sich wie ein Ei dem anderen gleichen und deren Besitzer sich erbittert bekämpfen.

»Das *Medium* sei denjenigen empfohlen, die sich gern niveau- und phantasievoll unterhalten lassen und sich auch ab und an gern mal ein wenig gruseln.«
Mechthild zum Egen/Süddeutscher Rundfunk, Stuttgart

Muriel Spark
im Diogenes Verlag

»Diese Mischung von spannender Unterhaltung und ernsteren Erörterungen, die an Graham Greene erinnert, gelingt nur wenigen Autoren.« *FAZ*

Muriel Spark, geboren in Schottland, ist Autorin von Romanen, Theaterstücken, Kinderbüchern und Gedichten. Zahlreiche ihrer Bücher wurden verfilmt. Sie lebt in Italien.

Memento Mori
Roman. Aus dem Englischen
von Peter Naujack

Junggesellen
Roman. Deutsch von
Elisabeth Schnack

*Die Ballade von
Peckham Rye*
Roman. Deutsch von
Elisabeth Schnack

Robinson
Roman. Deutsch von
Elizabeth Gilbert

Die Tröster
Roman. Deutsch von
Peter Naujack

Vorsätzlich Herumlungern
Roman. Deutsch von Hanna Neves

Portobello Road
Erzählungen. Deutsch von
Peter Naujack und Elisabeth Schnack

*Die Blütezeit der
Miss Jean Brodie*
Roman. Deutsch von
Peter Naujack

Das einzige Problem
Roman. Deutsch von Otto Bayer

*Mädchen mit begrenzten
Möglichkeiten*
Roman. Deutsch von
Kyra Stromberg

Das Mandelbaumtor
Roman. Deutsch von
Hans Wollschläger

Päng päng, du bist tot
Erzählungen. Deutsch von
Matthias Fienbork

Hoheitsrechte
Roman. Deutsch von
Mechtild Sandberg

»Ich bin Mrs. Hawkins«
Roman. Deutsch von Otto Bayer

Bitte nicht stören
Roman. Deutsch von Otto Bayer

»Töte mich!«
Roman. Deutsch von
Matthias Fienbork

*Das Treibhaus am
East River*
Roman. Deutsch von
Otto Bayer

Symposion
Roman. Deutsch von
Otto Bayer

Übernahme
Roman. Deutsch von
Mechtild Sandberg

*In den Augen
der Öffentlichkeit*
Roman. Deutsch von
Christian Ferber

Die Äbtissin von Crewe
Roman. Deutsch von Gisela Petersen

Patricia Highsmith
im Diogenes Verlag

Der talentierte Mr. Ripley
Roman

Ripley Under Ground
Roman

Ripley's Game
oder Ein amerikanischer Freund
Roman

Der Junge, der Ripley folgte
Roman

Ripley Under Water
Roman

Venedig kann sehr kalt sein
Roman

Das Zittern des Fälschers
Roman

Lösegeld für einen Hund
Roman

Der Stümper
Roman

Zwei Fremde im Zug
Roman

Der Geschichtenerzähler
Roman

Der süße Wahn
Roman

Die zwei Gesichter des Januars
Roman

Kleine Geschichten für Weiberfeinde

Kleine Mordgeschichten für Tierfreunde

Der Schrei der Eule
Roman

Ein Spiel für die Lebenden
Roman

Die gläserne Zelle
Roman

Ediths Tagebuch
Roman

Der Schneckenforscher
Elf Geschichten

Leise, leise im Wind
Zwölf Geschichten

Tiefe Wasser
Roman

Keiner von uns
Elf Geschichten

Leute, die an die Tür klopfen
Roman

Nixen auf dem Golfplatz
Erzählungen

Suspense
oder Wie man einen Thriller schreibt

Elsie's Lebenslust
Roman

Geschichten von natürlichen und unnatürlichen Katastrophen

Meistererzählungen
Ausgewählt von Patricia Highsmith

Carol
Roman einer ungewöhnlichen Liebe
Deutsch von Kyra Stromberg

Als Ergänzungsband liegt vor:

Über Patricia Highsmith
Zeugnisse von Graham Greene bis Peter Handke

Alison Lurie
im Diogenes Verlag

»Alison Lurie ist die literarische Verhaltensforscherin der Denkmoden, der Konkurrenz- und Sexualgewohnheiten ganz normaler mittelständischer Stadtneurotiker.« *Sigrid Löffler/profil, Wien*

»Ihr Interesse an den widerstrebenden Kräften der Menschen und ihrem täglichen Kampf um die richtige Balance erinnert an den Blick der Patricia Highsmith, an deren äußerlich angepaßten, aber gerade deswegen auf eine abschüssige Bahn geratenen Durchschnittsbürger. Aber Alison Luries Neugier gilt nicht den Motiven eines Verbrechens, sondern den nicht weniger gefährlichen Jagdgründen des intellektuellen Alltags, insbesondere aber den Narben, die die Liebe hinterläßt.« *Matthias Wegner/Frankfurter Allgemeine*

Alison Lurie, geboren 1926, Kindheit in New England, heute Englischprofessorin an der Cornell University in Ithaca/New York, wohnt abwechselnd in New York, Florida und London.

Affären
Eine transatlantische Liebesgeschichte.
Aus dem Amerikanischen von Otto
Bayer

Liebe und Freundschaft
Roman. Deutsch von Otto Bayer

*Varna oder Imaginäre
Freunde*
Roman. Deutsch von Otto Bayer

*Ein ganz privater kleiner
Krieg*
Roman. Deutsch von Hermann Stiehl

*Die Wahrheit über Lorin
Jones*
Roman. Deutsch von Otto Bayer

Nowhere City
Roman. Deutsch von Otto Bayer

Ingrid Noll
im Diogenes Verlag

Der Hahn ist tot
Roman

Mit zweiundfünfzig Jahren trifft sie die Liebe wie ein Hexenschuß. Diese letzte Chance muß wahrgenommen werden, Hindernisse müssen beiseite geräumt werden. Sie entwickelt eine bittere Tatkraft: Rosemarie Hirte, Versicherungsangestellte, geht buchstäblich über Leichen, um den Mann ihrer Träume zu erbeuten.

»Die Geschichte mit dem überraschenden Schluß ist eine Mordsgaudi. Ein Krimi-Spaß speziell für Frauen. Ingrid Noll hat das mit einem verschwörerischen Augenblinzeln hingekriegt. Wenn die Autorin so munter weitermordet, wird es ein Vergnügen sein, auch ihr nächstes Buch zu lesen.«
Martina I. Kischke/Frankfurter Rundschau

»Ein beachtlicher Krimi-Erstling: absolut realistisch erzählt und doch voll von schwarzem Humor. Der Grat zwischen Karikatur und Tragik ist haarscharf gehalten, die Sache stimmt und die Charaktere auch. Gutes Debüt!« *Ellen Pomikalko/Brigitte, Hamburg*

»Wenn Frauen zu sehr lieben… ein Psychokrimi voll trockenem Humor. Spielte er nicht in Mannheim, könnte man ihn für ein Werk von Patricia Highsmith halten.« *Für Sie, Hamburg*

Die Häupter meiner Lieben
Roman

Maja und Cora, Freundinnen seit sie sechzehn sind, lassen sich von den Männern so schnell nicht an Draufgängertum überbieten. Kavalierinnendelikte und böse Mädchenstreiche sind ebenso von der Partie wie Mord und Totschlag. Wehe denen, die ihrem Glück in der Toskana im Wege stehen! *Die Häupter meiner Lieben* ist ein rasanter Roman, in dem die Heldinnen ihre Familienprobleme auf eigenwillige Weise lösen.

»Eine munter geschriebene Geschichte voll schwarzen Humors, richtig süffig zu lesen. Ingrid Noll kann erzählen und versteht es zu unterhalten, was man von deutschen Autoren bekanntlich nicht oft sagen kann.« *Frankfurter Allgemeine Zeitung*

»Ein herzerquicklich unmoralischer Lesestoff für schwarze Stunden.« *Der Standard, Wien*

»Spätestens seit im Kino *Thelma & Louise* Machos verschreckt haben, floriert überall der biestige Charme gewissenloser Frauenzimmer. Ihre Waffen: flinke Finger, Tränen, Zyankali.« *stern, Hamburg*

»So schamlos amoralisch, charmant und witzig wurden Männer bisher nicht unter den Boden gebracht. « *SonntagsZeitung, Zürich*

Viktorija Tokarjewa
im Diogenes Verlag

»Ihre Geschichten sind seit jeher von großer Anmut, allesamt Kunst-Stückchen, die einem die Vorstellung von Leichthändigkeit suggerieren. Nicht jedoch von Leichtgewichtigkeit. Wenn sie uns ein Schmunzeln entlocken, dann liegt das daran, daß Viktorija Tokarjewa über einen ausgeprägten Humor verfügt und diese Gabe durchweg einsetzt. Es ist kein Humor der satirischen Art, eher eine sanfte Ironie, gewürzt mit einer Prise Traurigkeit und einem vollen Maß an mitmenschlichem Erbarmen.«
Frankfurter Allgemeine Zeitung

Zickzack der Liebe
Erzählungen. Aus dem Russischen
von Monika T antzscher

Lebenskünstler
und andere Erzählungen. Deutsch
von Ingrid Gloede

Sag ich's oder sag ich's nicht?
Erzählungen. Deutsch von Angelika
Schneider, Monika Tantzscher
und Elsbeth Wolffheim

Mara
Erzählung. Deutsch von
Angelika Schneider

Happy-End
Erzählung. Deutsch von
Angelika Schneider

Doris Dörrie
im Diogenes Verlag

»Doris Dörrie ist als Erzählerin Spezialistin in diffizilen Angelegenheiten der kleinen Rache und gezielten Ohrfeigen zum Zwecke der Unterstützung des eigenen Selbstwertgefühles. Sie ist eine sehr gute Kurzgeschichten-Schreiberin mit der erforderlichen Prise Selbstironie und mit stilistischer Eleganz.«
Annemarie Stoltenberg/Die Zeit, Hamburg

*Liebe, Schmerz
und das ganze verdammte Zeug*
Vier Geschichten

»Was wollen Sie von mir?«
und 15 andere Geschichten

Der Mann meiner Träume
Erzählung

Für immer und ewig
Eine Art Reigen

Love in Germany
Deutsche Paare im Gespräch mit Doris Dörrie
Unter Mitarbeit von Volker Wach